辺境伯家次男は転生チートライフを楽しみたい

HENKYOUHAKUKE JINAN HA TENSEI CHEAT LIFE WO TANOSHIMITAI

著 ベルピー

ill. Akaike

主な登場人物
スイム
なんでも取り込めるすごいスライム。抱き枕にもなって便利。
リース
人もモンスターもメロメロにする、もふもふのフェネック。
11歳
クリフ・ボールド
本作の主人公。仕事帰りにトラックにひかれ、異世界に転生。辺境伯家の次男として生まれると、理想の異世界生活を叶えるため全力投球する。
2歳

ミリア・ボールド
アーサー・ボールド
クリフの３歳上の姉と兄で双子。
優しくて面倒見がいい。
クリフの同級生
マッシュ・ステイン
爽やかな武闘派イケメン。
セリーヌ・サリマン
サリマン王国の第二王女。
ミーケ
王都にある宿屋の娘で獣人族。

第1章　テンプレの異世界転生

第1話　異世界転生モノって人気ですよね

目を開けると真っ白い空間に僕はいた。

「ここはどこだろう。夢かな」

周りを見ても何もない。ただただ空間が続いている場所で、僕は立ち尽くしていた。

すると「初めまして光也《みつや》くん」とどこからか声が聞こえてきた。

上を見ると、神々《こうごう》しいオーラをまとった髭《ひげ》もじゃの老人が宙に浮いていた。

「えっ。神様……？　やっぱり夢かな」

僕は夢だと確信し、その神様っぽい人を見つめた。

「光也くん、お主は死んで、ここは転生前の空間じゃ」

いきなり意味のわからないことを言われ、僕は何も言葉が出なかった。

「やはり覚えておらぬか。光也くん、お主はトラックにはねられて死んだのじゃ。仕事の帰りかの～。夜中に横断歩道を渡っておったら、飲酒運転のトラックにひかれたのじゃ」

そういえば……昨日は仕事が遅くまであり、疲れてふらふらっと歩いていたんだっけ。そして横断歩道でトラックが来て……!!

「思い出した！　そうだ、僕はトラックにひかれたんだ。でも、じゃあ何で生きてるんだ？」

「光也くん、お主は死んだんじゃよ。聞いたことはないかな。トラックにひかれて死んだら異世界に転生する、と」

僕は異世界モノの小説をよく読んでいたので、神様っぽい人が言ってることがよくわかった。

「たしかにトラックと異世界転生はよくある組み合わせだけど、実際に起こるわけないじゃないですか」

「そうじゃな。これればかりは死なないと確かめようがないからの～。でもじゃ、実際に異世界は存在しており、光也くんを異世界に転生させるために、この空間にお主の魂を呼び寄せたのじゃよ」

「えっっっ。じゃあ、本当にあなたは神様なんですか？」

「そうじゃ。わしは創生神《そうせいしん》で、地球を含めていくつかの世界を管理しておる」

僕はこれが現実で、本当に異世界があると知り、死んだことなど忘れて両手を突き上げた。

「やった～。じゃあ剣と魔法の世界に行って、チートしてハーレム作って楽しい人生を送ることができるんですね」

僕は普通のサラリーマンで、サービス残業も多く給料も安い、いわゆる「社畜」だったので、異世界転生にはすごくあこがれていた。そして目の前にそのチャンスが転がってきて、すごくラッキーだと思うとともに、絶対最高の人生を送ってやると心に決めた。

「神様！　ぜひ異世界に転生させてください。そしてチートスキルをください」

僕ははっきりと要望を伝えた。

「はっきり言いよるの～。まあチートスキルは授けるつもりじゃったから別にいいんじゃが……ちなみに、光也くんはどんなスキルがほしいんじゃ」

「はい。定番の『鑑定』に『アイテムボックス』『成長促進』『各種耐性』『全魔法適性』『言語理解』『前世の知識』など、あらゆるモノがほしいです」

だって異世界だもの。剣と魔法の世界ということは、魔物もいるはず。なら安全に生活するためにも、もらえるモノはもらっておかなくちゃ。

「ずいぶん異世界に詳しいようじゃの。まあ光也くんの言うように剣と魔法の世界じゃから、魔物もおるし、光也くんの言ったスキルも存在はする。じゃが、全てを授けることはできない。なぜなら、世界にはバランスというモノがあり、やりすぎると世界が滅んでしまうからの～」

「では神様、どれぐらいスキルをもらえるんですか？」

僕は期待で胸をいっぱいにして神様に問いかけた。

「そうじゃの。光也くんに行ってもらう異世界で安全に生活するために……三つまでスキルを選んでよいのじゃ」

「三つですか……少ないですね……」

僕はスキルが少ししかもらえないことを聞いて落ち込んだ。

「そうは言っても、異世界の住人はスキルを自由に取得できないからの〜。三つもらえるだけでも十分チートだと思うのじゃが」

神様はため息をついて僕にそう伝えた。

「わかりました。言っても仕方がありませんので三つで我慢します。スキルは何でも取得できるんですか？」

僕は神様に問いかけた。

「そうじゃの。このリストの中にあるスキルなら取得可能じゃ。時間はたっぷりあるからゆっくり選んでよいぞ」

すると、目の前にボードのようなモノが現れた。

「この中からですね。わかりました。えっと……色々ありますね。これは選ぶのに時間がかかりそうだ」

これから選ぶスキルで僕の人生が決まるようなモノだ。ここは慎重に選ばなければならない。

僕はリストを凝視し、一つひとつのスキルをじっくり見た。

ざっと見ただけで、数百種類ものスキルがあるのがわかる。

魔法関連や料理などの家事関連、武器の適性アップなどの定番のモノから、『触手』や『ブレス』など意味のわからないスキルもあり、どれを選べばいいかすごく迷ってしまう。三つしか選べないんだ。無駄なスキルは省いて効果の高いスキルを選ばないと。

「神様、おススメのスキルとかってありますか？」

悩んだ末に、僕は神様に何がいいか聞いてみた。

「そうじゃのう、これから光也くんに行ってもらう異世界は、光也くんがよく知っているゲームの世界に非常に似ておる。レベルがあり、街並みは中世ヨーロッパ風で、ギルドがあり、魔王や勇者もおる。だから定番のスキルなんかが割と役に立つんじゃないかのう。あまりスキルのことを教えるのは規則によってできないんじゃ。ヒントぐらいなら大丈夫じゃから、これぐらいしか言えんのう」

神様は言える範囲でヒントをくれたようだ。

「ありがとうございます。やっぱり定番スキルが役に立つんですね。じゃあ『鑑定』と『アイテムボックス』は取得して、あと一つはどうしようかな〜」

二つのスキルを決めて、あと一つをどうするか考えた。

「そういえば神様、僕の行く異世界は剣と魔法の世界って言ってましたが、誰でも魔法が使えるんですか？　スキルがなかったら魔法は使えないんですか？」

僕はふと疑問に思ったことを神様に聞いた。

「あちらの世界の住人は五歳になると鑑定の儀というモノを行い、そこで自分の適性を知ることになる。ある者は剣に適性があったり、またある者は火魔法に適性があったり、複数の魔法適性を持っていたり……。そして、その適性に合ったスキルを得ることができる。もちろん本人の努力次第でその後もどのようなスキルも取得可能じゃが、適性がないスキルに関しては何十年努力しても取得できないこともあるのぉ〜」

「僕の場合はどうなるんでしょうか？」

僕はスキルを今三つ選ぶから、鑑定の儀ではスキルを取得できないのだろうか。

「光也くんの場合は、今スキルを選んでおるから、鑑定の儀ではスキルを取得できん。その代わり、転生者は今までの経験や知識を元にスキルを覚えることができる。さらに異世界の人間は相当努力をしないとスキルは発現しないが、転生者である光也くんは相当とまではいかなくとも、努力次第でどんなスキルでも覚えることができるはずじゃ」

神様はナイスな情報をくれたようだ。

「そうなんですね。努力が報われるっていうのはうれしいです」

「それから、光也くんにはわしの加護をやる。それだけでもかなりチートじゃぞ。なんせ、成長促進やステータスアップなど色々な特典があるからのぉ。『創生神の加護』を持ってる者はあまりいないんじゃ」

「本当ですか。それはありがとうございます。ところで、転生ということは０歳からのスタートになるんですか？」

「そうじゃのう。どこに生まれるかは秘密じゃが、過ごしやすい所とだけ言っておこうかのう」

なるほど。０歳からスタートして五歳で鑑定の儀を受けて、適性を知ってそれぞれの人生を歩んでいく感じだな。僕の場合は転生者の特典があるから、どのような人生にもできそうだ。なら、レベルを上げるためにも、ある程度の戦闘力は必須だな。

僕は異世界での生活を考え、残り一つのスキルをどうするか悩んで、決めた。

「最後のスキルは『全魔法適性』でお願いします」

やっぱり異世界なら魔法を使いたいよね。僕は『鑑定』『アイテムボックス』『全魔法適性』のスキルの取得を決めた。

「ようやく決まったか。三時間ぐらいはかかったかの～。では、そろそろ転生させてもいいかの～」

「はい。大丈夫です。ちょっと怖いですが、よろしくお願いします」

「では光也くん。新しい世界を存分に楽しむのじゃ」

神様にそう言われ、僕は意識を失った。


次の瞬間、目を開けると、金髪の美男美女が僕のことを抱きかかえていた。

第2話　転生しても0歳は何もできないよ……

男性の方はがっしりした体格で、髪は短く切りそろえられている。女性の方はスラッとしていてスタイルが良く、ロングヘアーだ。どちらも顔が整っている。

どうやら僕は無事転生できたようだ。

この人たちが僕の両親だろうか？

二人と目が合ったので、精一杯笑ってみた。

「おー、クリフが笑ったぞ。パパだぞー」

「本当に!?　ママよー」

どうやら僕は「クリフ」という名前らしい。

返事をしようとしたが、「あぅ～、あぅ～」としか声が出ない。０歳だから当然か。しかも身体もうまく動かない。それも当然だ。

生まれてからどのぐらい経ってるのだろうか？　生まれたてでないのは確かだ。

まだこの世界のことがよくわからないので、両親の言葉に耳を傾けた。

「クリフが生まれてもう一カ月かぁ。元気に育ってくれてよかったよかった」

「本当にそうね。クリフちゃんはお乳もたくさん飲むし、目もパッチリしてるから将来はモテモテでしょうね」

親バカぶりがはんぱないが、両親にかわいがられていることがわかって安心する。

そして両親が美形な点も、将来ハーレムを目指したい僕としてはプラスポイントだ。

あとは貴族か平民かなどの身分だが、けっこう立派な服を着てるように見えるので、貴族ではないだろうか？　爵位はどれくらいだろう……。

「じゃあクリフちゃん。ご飯にしましょうか」

ママがそう言っておっぱいを出してくる。

来た!!　異世界転生の定番、０歳のママのおっぱい……。前世の記憶があるからママのおっぱいなんて恥ずかしい……。だが、ご飯は食べなければならない……。

乳離れしてから転生したかったが、今の状況でそれを言ってももう遅い。

僕は覚悟を決めておっぱいを飲んだ。いっぱい飲んだ。お腹いっぱいになった。

そしてその後、豪快に大きい方を出して「オギャー」と盛大に泣き、泣き疲れるとそのまま眠りについた。


目が覚めると、ベッドの上にいた。まだ寝返りをうつこともできないので、天井を見つめる。

「知らない天井だ……」

僕は言いたかったセリフを言ったことで、少しだけ満足した。と言ってもまだしゃべれないので、実際は「あぅあぅ」と声が出ただけだったが……。

異世界転生一日目は何もできなかったが、異世界に転生したということを改めて実感した。

やっぱり退屈だな～。当然だが、0歳では動くこともできないし、しゃべれない。トイレも一人ではできない。前世の記憶がある人なら、いいことなど何もないと感じるかもしれない。

でも、僕は異世界に行った時にするべき行動を知っている。前世で異世界転生モノの小説を何度も読んで、テンプレはばっちりと押さえている。そう、この世界は剣と魔法のゲームのような世界だ。異世界に転生したら、ステータスをチェックし、魔力を上げる。これが正解だ。

そこでまずは……「ステータスオープン」と、心の中で唱えてみる。

すると僕と天井の間に、半透明の板のようなものが現れた。

よし！　ステータスは確認できそうだ。さすが異世界。

そして僕は自分のステータスを確認してみた。

【名　前】クリフ・ボールド
【年　齢】0歳
【種　族】人族
【身　分】辺境伯家次男
【性　別】男
【属　性】火・水・風・土・光・闇・時・空間
【加　護】創生神の加護
【称　号】転生者
【レベル】1
【Ｈ　Ｐ】1
【Ｍ　Ｐ】1
【体　力】1
【筋　力】1
【敏《びん》捷《しょう》】1
【知　力】1
【魔　力】1

家名は「ボールド」で辺境伯か。けっこうな大貴族だな。ってことは、ここは国の端っこってことだな。それと、次男ってあるから兄がいるのか。それなら家は長男が継ぐから、僕は冒険者になってチーレムが目指せるな。よかった。

自分の身分がある程度わかったことで、将来の道が見えてきた。

種族が人族ってことは、獣人やエルフ、ドワーフとかもいるのかな？　異世界といえばケモ耳をもふるのは定番だし、エルフの「のじゃロリ」もありがちだ。いるなら早く会ってみたい。

能力は0歳だから低くて当然だな。生まれたら初めはみんな1からスタートするのかもな。

一般的なステータスがどれくらいかわからないが、0歳でステータスを見られることを知ってる人はまずいないだろう。ここから努力でステータスを上げていけば十分チートできる。

『全魔法適性』のスキルがあるから、属性欄に色々な属性が書かれているのだろう。スキルの『アイテムボックス』が『空間』属性に分類されるのかな。『時』属性もあるってことは『時間移動』とかも覚えることができるのかな。

ステータスを一通り確認した僕は、次にスキルを試してみることにした。

「鑑定」と念じてみた。すると【天井】と出た。

天井しか見えないから当然か。僕は苦笑いをした。

今度は『アイテムボックス』を試してみよう。

「アイテムボックスオープン」と念じると、ステータスと同じように半透明の板が現れた。ここに色々入れることができるようだ。ただ、今は動けないから、使うこともできない。

よし。スキルは普通に使えたな。あとは動けるようになるまで魔力を増やす特訓だな。

そう。異世界に赤ちゃんとして転生した主人公はだいたい、魔力の感覚を探し、魔力を動かして増やすのだ。そして成長すると他の人と比べて魔力の量が桁《けた》違いに多くなり、より多くの、そしてより強力な魔法を使って活躍する。それがテンプレだった。

まずは魔力の感覚を見つけるか。たしかテンプレなら心臓の下ぐらいに違和感があるんだったよな。僕は心臓の下に意識を向けて、違和感がないか探してみた。すると、やはり心臓の下ぐらいに米粒のような違和感があった。

多分これが魔力だろうな。よし、動かしてみよう。動け～、動け～、動け～。動け～、動け～、動け～。

僕はがんばって米粒を動かそうとした。ただ……全く動くことはなかった。

あれ？　おかしいな～。これが魔力じゃないのかな～。

全く動かなかったので、自分の考えが間違ってるのかと不安になった。

まあまだ時間はたくさんあるんだ。ちょっとずつ試していけばいいさ。

そう思ったところで、ステータスを確認し始めてからけっこうな時間が経っていたのに気がつき、トイレに行きたくなった。

自分でトイレに行けないのは辛いな～。だってもらすしか方法がないもんな～……。

「オギャー、オギャー」

僕は盛大に泣いて助けを求めた。

早く誰か来てくれ。臭いし気持ち悪いよ。早く一人でトイレに行けるようになりたい。

これも前世の記憶を持ったまま異世界に転生することによる、大きなデメリットであった。

すぐにメイド服を着た女性が来て、オムツを交換してくれた。

おー、メイドさんがいるぞ。さすが貴族だ。

僕は初めて見るメイドに感動したが、オムツを換えられるのは恥ずかしかったので、何も声を出さずにそのまま眠りについた。

第3話　ようやく歩けるようになったけど大貴族ってすごい

異世界に転生してから二年が経った。

二年の間は米粒のような魔力を動かす以外は、ただただベッドの上で過ごしていた。

ハイハイで多少は移動することはできたが、基本立ち歩きができないので、ベッドで魔力をひたすら動かし続けた。

初めは全く動かなかった魔力の塊《かたまり》だが、二年も続けていると魔力の塊も大きくなり、今では自由自在に動かせるほどになった。

ようやく最近は立って歩くことができるようになったので、家の中を自由に動き回っている。いや、家というか屋敷だ。この屋敷は相当に広い……大貴族を舐《な》めていた。

何十部屋もあり、いまだに迷ってしまう。メイドがいなければ常に迷子だ。

僕は二年間の成果を確認してみることにした。

「ステータスオープン」

【名　前】クリフ・ボールド
【年　齢】2歳
【種　族】人族
【身　分】辺境伯家次男
【性　別】男
【属　性】火・水・風・土・光・闇・時・空間
【加　護】創生神の加護・魔法神の加護【NEW!】
【称　号】転生者
【レベル】1
【H　P】10
【M　P】10

【体　力】３
【筋　力】３
【敏　捷】３
【知　力】３
【魔　力】５００
【スキル】鑑定・アイテムボックス・全魔法適性・身体強化【ＮＥＷ！】

あれから魔力を動かしまくっていたせいか、魔力の数値が大きく上昇している。さらに魔力を薄く伸ばし身体にまとわせるようにしていたら、『身体強化』のスキルも取得できた。

しかも『魔法神の加護』もいつの間にかついていていた。ラッキーだ。魔法はこの世界で重要なモノだと思うので、いい加護を授かったと思う。

ただ、まだ魔法は使っていない。正確には使い方がわからないのだ……詠唱《えいしょう》だとか、どんな魔法があるのかなど、わからないことはたくさんある。

するとその時、ドアをノックする音とともに「ぼっちゃま。食事ができましたので呼びに来ました」とメイドの声がした。

「メアリーおはよう。父様と母様はもういるの？」

メイドの名前はメアリーといい、十五歳ほどの美少女である。

「はい。旦那《だんな》様と奥様は既に食堂でお待ちですよ」

僕はステータス画面を消すと部屋から出て、メアリーと一緒に食堂に向かった。今では自分で歩いて部屋から食堂に移動することができる。

階段は手すりにつかまらないとなかなか降りられないし、時間もかかるが、自分の足で歩くのも鍛錬《たんれん》だと思い、メアリーの抱っこを拒否し、自分で歩いている。

食堂に着くと家族はみんなそろっていた。

「父様、母様、兄様、姉様、おはようございます」

僕はみんなに声をかけた。

「クリフおはよう。最近は自分で歩いてここまで来て偉いな。言葉もだいぶしゃべれるようになったしな」

「クリフちゃんおはよう。今日もかわいいわね」

「クリフおはよう」

「クリフちゃんおはよう」

みんなから声をかけられ、僕は父様と母様の間に座る。

ちなみに、兄様と姉様は五歳で双子だ。兄様は父様に似ており、姉様は母様に似ている。どちらもよく遊んでくれるいい兄姉だ。

大貴族の食事は朝から豪華だ。

スープにパンに肉、サラダとテーブルいっぱいに皿が広がっている。

そばではメイドが専属の料理人が作った料理を盛り付けている。

さすがは辺境伯家である。

「ではみんなそろったし、食事にするか。いただきます」

「「「いただきます」」」

僕は母様が料理を取り分けて持ってきてくれるので、目の前に置かれたモノを上手に食べている。

二歳児とは言え、前世の記憶持ちだ。綺麗《きれい》に食べるのはお手の物である。

「クリフちゃんは好き嫌いもないし、フォークもスプーンも上手に使えるし、トイレももう一人でできるから安心ね」

「そうだな。夜泣きとかもしないし、手がかからないのはいいんだが、逆に少し心配にはなるな」

当然、トイレは歩けるようになってすぐに自分で済ますようにした。オムツは早く卒業したかったからね。

そんな会話をしながら食事が終わり、僕は食堂を後にした。


部屋に戻ると、メイドのメアリーから「ぼっちゃま、今日は何をして遊びますか？」と聞かれたので、僕は「今日は屋敷を探検したい」と答え、前々から考えていた書庫を探す計画を実行に移すことにした。

もう歩けるようになったし、しゃべれるようにもなった。魔力の操作にも飽きてしまった。魔力を上げるために訓練は続けるが、魔法書を見てみたい。魔法を使ってみたいんだ。

「わかりました。では私が案内しますので、お屋敷内を回ってみましょうか」

メアリーが了承してくれたので、二人で屋敷を歩き回った。

本当にこの屋敷は広い。

三階建てのうち、最上階は使用人の部屋と書庫や物置があり、二階は家族の部屋と寝室、父様の仕事部屋がある。一階は食堂と応接室や厨房などがある。

家族の部屋には一度入ったことがあるが、二年も住んでいるのに入ったことのない部屋がまだいくつもある。

「ぼっちゃまはどこか行きたい所はありますか？」

メアリーからそう聞かれ、僕は「書庫に行ってみたい」と希望を伝えた。


メアリーとともに書庫に初めて足を踏み入れた。今まではメアリーが絵本とかを部屋まで持ってきてくれたので、書庫には入ったことがなかったのだ。

中に入った瞬間、部屋全体を本が埋め尽くしていた。

さすが大貴族。異世界では本は貴重なはずなのに、何百冊も本があり、僕は「すごい」と盛大に驚いた。

メアリーとつないでいた手を放して、本の山に歩いていった。

そこでふと気づいた。

あっ。僕ってこの世界の文字って読めるんだろうか？　読めなかったら魔法を使う夢が……。

と、この世界の文字について確認していなかったことを後悔した。

本の山に近づき、本棚を見上げる。

背表紙を見て、気づいてしまった。文字が読めない……。

やはりというか当然、文字は読めなかった。なので、どの本が魔法書なのか当然わからない。魔法を使うためには誰かに文字を教わるか、直接魔法を教わるしかないということだ。

僕はメアリーに聞いてみた。

「メアリーは魔法って使えるの？」

「私は魔法を使えません。ぼっちゃまは魔法に興味があるんですか？」

メアリーに聞かれ、僕は「うん。魔法ってかっこいいよね。だから書庫でメアリーに魔法書を読んでもらおうと思ってたんだ」と言ってみた。

すると……。

「ぼっちゃまはまだ二歳なので、魔法は使えませんよ。魔法は鑑定の儀を経て適性があれば使えるようになるのです。しかも魔法に適性がある方もそれほど多くはありません。私も詳しくはわかりませんが、このお屋敷の中でも奥様ぐらいではないでしょうか。魔法を使えるのは」

僕はそれを聞いてショックを受けた。

でも、母様が魔法を使えることを知り、今度母様に魔法を見せてもらおうと心に決めた。

「ぼっちゃまはまだ二歳なんですから、ここにある本よりも部屋で絵本を読んであげます。だから部屋に戻りましょうね」

メアリーに抱っこされて、書庫の滞在は数分で終わってしまった。

メアリーに絵本を読んでもらい、その日の夕食時に、僕は母様に魔法を見せてほしいと頼んでみた。

「母様、メアリーから聞いたんだけど、母様は魔法が使えるって本当ですか？」

「あら。クリフちゃん。魔法に興味があるの？　ええ、私は魔法が使えるわよ」

母様は自信満々に胸を張って答えてくれた。

「すごい!!　母様の魔法見てみたいです」

僕は魔法を見たい一心で母様にお願いをした。それはもう上目遣いでお願いをした。

しかし……。

「クリフちゃんには魔法はまだ早いし、危ないから大きくなったらね」

がんばっておねだりしたのに撃沈した……。

「そうだ。明日、アーサーちゃんとミリアちゃんの鑑定の儀があるの。そこで魔法の適性があれば魔法が使えるようになるのよ。クリフちゃんもいい子にしてたら鑑定の儀で魔法の適性をもらって、魔法が使えるようになるわよ」

アーサーというのは兄様で、ミリアが姉様だ。

「適性がないと魔法は使えないんですか？」

僕は母様に思ってた疑問をぶつけてみた。すると、隣にいた父様が答えてくれた。

「適性がないと使えないわけではないが、かなり努力しないと難しいんだ。俺は魔法には適性がないが、剣術に適性があったからそっちの努力をするようにした。だから魔法は全然使えないな」

「父様は剣術に適性があるんですね。すごい!!　明日は兄様と姉様の鑑定の儀なんですよね。僕もついていっていいですか？」

「そうだな～。もう外に出てもいいかもな。クリフはしっかりしてるから」

「じゃあ明日は家族みんなで鑑定の儀に出かけましょう」

言ってみるもんだ。これで初めて屋敷の外に出られる。

魔法が見られなかったのはショックだったが、外に出られることになったので、これはこれでよしとした。


食事が終わり、僕は部屋で寝る準備をしていた。

鑑定の儀か～。どんな感じなんだろう。イメージだと教会に行って神様にお祈りする感じだと思うけど……それにしても、魔法を使うまであと三年か～。……長いよな～。

いや。待てよ。テンプレでは魔法はイメージすれば使えたはず。もしや魔法書がなくても魔法は使えるのかも。

僕は前世で読んだ小説を思い出し、魔法を使ってみようとベッドから起き上がった。

『火』とか『水』とかは危ないし、『風』を使うと窓を割る心配がある。『土』はこの部屋にはないし、使うなら『光』だな。

照明とかをイメージしながら、身体の中にある魔力を外に出すようにイメージしてっと。

僕は目を閉じてゆっくり深呼吸しながら『光』をイメージした。

手の先を光らせるように。落ち着いて唱えた！

「光よ」

手が光ったと思ったら、いきなり目が見えなくなった。

「あ~目が……目が……」

どこかで聞いた悪役のセリフが出てしまった……。いきなり手が力強く光ったせいで、目をやられてしまったみたいだ。でも魔法を使うことができた。異世界に来て本当によかったと思った。

やった。五歳にならないと魔法を使えないなんてウソじゃん。よし。さっきは魔法を使うために集中しすぎて魔力を込めすぎたから、光が強かったんだと思う。

次は小さい魔力を意識して指先をちょっとだけ光らせるようにしてみよう。

僕は再度詠唱した。

「光よ」

すると、指先が小さく光った。

「やった。成功だ。魔法が使えたぞ。これで僕もまほうつか……」

僕はガッツポーズをして……そのままベッドに倒れこんだ。

【M　P】……0

第4話　鑑定の儀に行ってみた　兄も姉もチートか⁉

目が覚めると朝になっていた。

「あれ？　いつの間に寝たんだっけ……」

僕は昨日のことを思い出していた。

そうだ。昨日魔法を使った後、そのまま気を失ったんだな。ということはMPがなくなって気絶したってことかな。たしかにMPは10ぐらいしかなかったし、『光魔法』が使えたのがうれしくてもう一度使ったのは失敗だったよな。

「ステータスオープン」

僕はステータスを確認してみた。すると……。

【名　前】クリフ・ボールド
【年　齢】2歳
【種　族】人族
【身　分】辺境伯家次男
【性　別】男

【属　性】　火・水・風・土・光・闇・時・空間
【加　護】　創生神の加護・魔法神の加護
【称　号】　転生者
【レベル】　1
【Ｈ　Ｐ】　10
【Ｍ　Ｐ】　11
【体　力】　3
【筋　力】　3
【敏　捷】　3
【知　力】　3
【魔　力】　501
【スキル】　鑑定・アイテムボックス・全魔法適性・身体強化
　　　　　無詠唱【ＮＥＷ！】・光魔法ＬＶ1【ＮＥＷ！】

おっ!!　『光魔法』を取得してるぞ。やった！

僕は異世界に来て魔法が使えるようになったことを、素直に喜んだ。

それに『無詠唱』も覚えたな。ということは、わざわざ唱えなくても魔法が使えるのか。やっぱり魔法はイメージが大事なんだ。なんだかんだで転生者は前世の記憶があるからイメージもしやすいし、魔法との相性がいいよな。ＭＰと魔力も上がってる気がするし、今後は魔力操作とともに魔法の練習もしていきたいな。

ステータス画面を見ながらニヤニヤしていると、メアリーが起こしに来た。

「ぼっちゃま、朝食の準備ができております。起きてますか？」

「起きてるよ。着替えるからちょっと待ってて」

メアリーに声をかけて、僕はすぐに着替えて食堂に向かった。

今日は兄様と姉様の鑑定の儀についていく日だ。

僕は屋敷から初めて外に出られるのが、楽しみで仕方なかった。

「父様、母様、兄様、姉様、おはようございます」

「「「「おはよう」」」」

挨拶《あいさつ》をすると、父様が僕に言った。

「食事が終わったら、みんなで鑑定の儀に出かけるぞ。クリフも大丈夫か」

「はい、父様。ちなみにどこまで行くんですか？」

「ああ、街の中にある教会だよ。五歳になると、みんな教会に行って神様にお祈りをするんだ。今回で言えば、アーサーとミリアが神様に挨拶する感じかな。そして神様から祝福してもらうんだ。その時に加護やスキルを授かるんだよ」

なるほど。やはりこの世界の住人は、五歳である程度自分の進むべき道がわかるようになるんだな。強力なスキルや加護を授かれば、人生勝ち組ってやつだな。

「父様や母様は、どんな加護やスキルをもらったんですか？」

『鑑定』で見ることもできるとは思うが、『鑑定』を使ったことがバレる可能性もあると思って家族に使ったことがなかった僕は、ここで聞いてみることにした。

「俺は剣術が使える『剣豪《けんごう》』のスキルに、『剣神の加護』をいただいたよ」と父様。

「私は魔法が使える『魔術』のスキルに、『魔法神の加護』をいただいたわ」と母様。

二人とも気軽に教えてくれた。

「父様も母様もすごいんですね。今日は兄様と姉様もいい加護とスキルがもらえるといいですね」

僕は父様と母様がいいスキルと加護をもらってるから、兄様や姉様も同じようなスキルや加護をもらうんだろうなぁ〜と思って言った。すると、兄様と姉様が反応した。

「クリフ！　プレッシャーをかけるなよ。たしかに父様と母様はいい加護とスキルをもらってるけど、こればっかりは行ってみないとわからないからな」

「そうよ、クリフちゃん。私もいい加護とスキルはもらいたいけど、もし何ももらえなかったらどうしよ〜って緊張しっぱなしなんだよ」

僕はどうやらよけいなことを言ってしまったようだ。

「アーサーもミリアも、そんなに緊張しなくていいよ。もし加護やスキルを授からなくても、お前たちは俺たちの大事な息子と娘だよ。だから気軽に鑑定の儀に臨めばいい」

「そうよ。加護やスキルがなくたって、あなたたちは私たちの大事な子どもなんだからね」

父様と母様が偉大すぎて何も言えない……。

異世界では、加護やスキルが得られなかったら、追放されたり、白い目で見られたり、嫌がらせされたりするのはけっこうありがちだ。

僕はかなりいい家に転生できたようだ。

改めてこんな所に転生させてくれた神様に感謝した。

「よし。じゃあ教会に行こうか」

食事が終わり、みんなで教会に向かった。

☆

教会に着くと、神父のような人が声をかけてきた。

「アレク様にミレイ様！　今日はどのようなご用でしょうか」

「ああ、モルト司祭。今日はアーサーとミリアが五歳になったから、鑑定の儀をお願いしに来たんだよ」

「そうですか。アーサー様もミリア様も、もう五歳になられたんですね。それでは中にお入りください」

司祭に案内されて、僕たちは教会の中に入っていった。

そういえば、両親の名前って初めて聞いたな。父様がアレク・ボールドで、母様がミレイ・ボールドかな？

教会の中には神様の像が並んでおり、その真ん中には見たことがあるような像があった。

あれは創生神様かな。色々な像が置かれているのを見ると、他にも神様はたくさんいるみたいだ。

僕は神様の像を見回しながら歩いていく。

「皆様はここでお待ちください。アーサー様とミリア様は奥の儀式の間へお進みください」

司祭が兄様と姉様を呼んだ。どうやら、儀式の間には本人しか入れないみたいだ。

「アーサー、ミリア、行ってこい」

「はい。父様」

二人は司祭に連れられて儀式の間に入っていった。


待つこと十分……。

二人はどこから見てもいい加護とスキルをもらったというのがわかるぐらい、ニヤニヤ、キラキラした表情で、テンション高めに戻ってきた。

これはすぐに確認しなければ。

「父様。無事、鑑定の儀を終えて加護とスキルを授かりました」

「私も、アーサーと同じように加護とスキルを授かりました」

「おおっ！　アーサー、ミリア、おめでとう」

「アーサーちゃんも、ミリアちゃんもよかったわね。今日はお祝いしなくちゃ」

「兄様、姉様、おめでとうございます」

みんなから祝福されて、二人はとてもうれしそうだ。

それもそうだ。加護やスキルがなくてもいいと父様は言っていたが、ある方がいいに決まっている。

兄様と姉様のステータスを『鑑定』してみたいな、と思っていると……父様が言った。

「では、どんな加護とスキルを得たか見せてくれ。ステータスの表示の仕方は、司祭様に教えてもらったな？」

「はい。じゃあ俺からいきます。ステータスオープン」

父様に言われ、兄様はステータスを公開した。

【名　前】アーサー・ボールド
【年　齢】5歳
【種　族】人族
【身　分】辺境伯家長男
【性　別】男
【属　性】
【加　護】武神の加護

【称　号】
【スキル】　剣術A・体術A

兄様のステータスを確認すると、『武神の加護』と、『剣術』と『体術』のスキルを授かったようだ。レベルとか能力値は他人には見えないみたいだ。

「アーサーは武神様の加護に『剣術』と『体術』か。それも、Aならかなりすごいな。よくやった、アーサー」

父様に褒められた兄様は、満面の笑顔で「はい。ありがとうございます」と答えた。

「次は私ね。ステータスオープン」

続いて姉様がステータスを公開した。

【名　前】　ミリア・ボールド
【年　齢】　5歳
【種　族】　人族
【身　分】　辺境伯家長女
【性　別】　女
【属　性】　火・水
【加　護】　魔法神の加護

【称　号】
【スキル】　魔術A・魔力アップA

姉様のステータスを確認すると、『魔法神の加護』と、『魔術』と『魔力アップ』のスキルがあった。兄様は父様と同じような加護とスキルを、姉様は母様と同じような加護とスキルを得たようだ。

「ミリアちゃん。私のように魔術師タイプね。加護もスキルも優秀よ。おめでとう」

兄様と同じように、姉様も満面の笑みで「はい。ありがとうございます」と答えていた。

「よし。鑑定の儀も終わったし、家に帰って今後のことについてみんなで話そうか」

父様がみんなにそう言うと――

「アレク！　せっかく家族で街に出たんだから、買い物していきましょ」

母様がいいことを言った。

せっかく屋敷から外に出られたんだ。色々街を見てみたい。母様の意見には大賛成だ。

「ミレイの言うとおりだな。クリフも初めての外だから色々見たいだろうし、ちょっとぶらぶらするか」

父様はそう言い、みんなでボールドの街を歩いて見て回った。

服屋、武器屋、防具屋、おしゃれな食べ物屋、宿屋っぽい所や肉屋や野菜を売ってる店など、初めて見る街並みは新鮮で、僕は目をキラキラさせながら「ここは何？　ここは何？」とはしゃぎ続けた。

さすが異世界だ。早く一人で色々見てみたい！

僕は異世界の街並みに感動しながら、一人でギルドに行って、武器屋で武器を買い、宿屋に泊まって……と冒険することを考えていた。

☆

家に帰ると、夕食時に父様から家族の今後についての話が出た。

「アーサーとミリアは鑑定の儀を終えて適性がわかったから、近いうちに家庭教師を呼んで勉強してもらう。これは七歳から学校に通うために、貴族はみんなしていることだ。まあ家庭教師と言っても、私の友人夫婦だがね」

この世界では、五歳で鑑定の儀を受け、七歳から基本学校に通い、十一歳で高等学校に通い、十五歳で成人という流れらしい。基本学校は領都にある学校に通うが、高等学校はこれからの付き合いを考えて、王都の学校に通うらしい。

学校か〜。入学試験で無双《むそう》したり、生意気な貴族をざまぁしたりとか、やりたいことがありすぎるな。

僕は前世では学校があまり好きではなかったが、この世界ではとても楽しみにしていた。

学校で力を発揮するためにも、今は努力してチートできる力を身につけないとな。

僕は学校に通うまでさらに努力することを心に決めて、父様にあるお願いをした。

「父様！　兄様と姉様の家庭教師が来たら、僕も一緒に勉強してもいいですか？」

そう。家庭教師が来るなら、剣術や魔法も教えてくれるはず。この機会に僕も色々学びたかった。

ていうか早く剣を振ってみたいし、魔法をもっと使ってみたかった。

「クリフにはまだ早いな。まあ、アーサーとミリアの邪魔にならない程度なら、構わないとは思うが……」

「そうね。クリフちゃんは二歳にしては成長が早すぎるから、邪魔にならない程度なら参加しても構わないわよ」

父様と母様がダメとは言わなかったので、僕も剣術や魔法を学ぶ機会を得ることができた。

やった。早く家庭教師さん来ないかな～。

食事を終えた僕は、ベッドに寝転んで指先に『光魔法』で光を灯す練習をしながら、家庭教師がいつ来るのか考えていた。

ただ……案の定、すぐにＭＰが切れて気絶した……。

【ＭＰ】……０

第5話　ボールド領の冒険者（家庭教師）はすごかった

兄様と姉様の鑑定の儀が終わって一カ月が経ち、今日は我が家に家庭教師が来る日だ。

家族全員で朝から家庭教師が来るのを待っていると、冒険者風の恰好《かっこう》をした男女のコンビが現れた。

まず男性が口を開いた。

「おはようございます。今日からボールド様のお子様の家庭教師をさせていただく、ローマンと申します」

赤髪が似合う爽《さわ》やかイケメンだ。マッチョというほどではないが、身体は引き締まっており、たたずまいから強そうな印象を受ける。

そして次に、女性が話す。

「おはようございます。私はスノーと申します。本日より家庭教師を務めさせていただきます。よろしくお願いします」

こちらは完全に魔法使いの恰好だ。黒のローブに帽子、杖を持ってるから間違いないだろう。魔女と言えば怪《あや》しいおばあちゃんが定番だが、スノーさんはすらっとした体形に、ローマンさんと同じく赤髪のロングヘアである。

おお～、冒険者だ。どっちも強そうだ。父様の友人っていう割には、父様より年上っぽいな。だけどさすが冒険者だな。なんかこう、貫禄《かんろく》みたいなのがある。これは期待できそうだな。

するとと、二人の挨拶を受けた父様が話し出した。

「ローマン、スノー、久しぶりだな。それにしてもどうしたんだ？　そんな丁寧なしゃべり方で。一瞬、別人かと思ったぞ」

「仮にも辺境伯家の当主の家に来るんですから、これぐらいは普通ですよ」

「いやいや、気持ち悪いぞ。いつもみたいに話してくれて構わない」

「ははは。わかったよ。久しぶりだな。アレク、ミレイ」

「ええ。ローマンもスノーも元気そうで何よりだわ。それよりも、あなたたちみたいなAランクの冒険者が、よくうちの家庭教師を引き受けてくれたわね。忙しいんでしょ？」

「ローマンの勘が、この依頼は受けた方がいいって。ローマンの勘は当たるから、今回は引き受けたのよ。まあ、久しぶりにアレクとミレイに会いたかったっていうのもあるからね」

「ああ。俺は直感を大事にしてるからな。そのおかげで今まで五回は死なずに済んでいる。冒険者の心得《こころえ》ぐらいしか教えることはできないが、期待してくれ」

「もちろんだ。勉強なんかは俺やミレイが教えられるからな。頼りにしてるぞ」

父様たちの話を聞きながら、Aランク冒険者っていうのがどれほどの者なのか気になった僕は、好奇心が抑えきれなくて、こっそりローマンさんに『鑑定』を使った。

【名前】ローマン
【年齢】42歳
【種族】人族
【身分】Aランク冒険者
【性別】男
【属性】火
【加護】戦神《せんしん》の加護
【称号】
【レベル】45
【HP】15000
【MP】500
【体力】2500
【筋力】3000
【敏捷】1000
【知力】300
【魔力】300
【スキル】気配察知・狂化・身体強化
火魔法LV3・剣術A・片手剣LV7・両手剣LV6・短剣LV6

ローマンさんのステータスを見て、僕は絶句した。

強え〜。僕の何倍だ？　剣も使えるし魔法も使える万能タイプだな。でも魔法のレベルは剣より低いから、あまり得意ではないのかも……それよりもレベル45!?　さすがAランクだな。

Aランクのステータスを初めて見て、この世界で強者とされる程度がわかった。

このぐらいまで鍛えればAランク冒険者ってことね。

それについ『鑑定』を使ってしまったけど、バレている様子もなかったし、これからどんどん使っていこう！　しかも、『鑑定』を使うと、普通は見られないはずの他人のレベルとか能力値も見えるんだな。

僕は続いてスノーさんを『鑑定』してみる。

【名　前】スノー
【年　齢】40歳
【種　族】人族
【身　分】Aランク冒険者
【性　別】女
【属　性】水・土・光
【加　護】魔法神の加護

【称　号】
【レベル】43
【HP】8000
【MP】6500
【体　力】1000
【筋　力】800
【敏　捷】800
【知　力】2000
【魔　力】2000
【スキル】同時魔法・詠唱短縮・消費MP半減・魔術A
水魔法LV7・土魔法LV5・光魔法LV7

スノーさんのステータスもすごかった。魔法使いタイプで属性が三つか……。

この世界には、複数属性を持っている魔法使いはどれぐらいいるのかな？　僕は全属性に適性があるけど、全属性使える魔法使いっていないよね……。

そしてローマンさんとスノーさんに連れられて、兄様と姉様は会議室へと向かっていった。

もちろん僕も後を追った。

これから色々がんばるぞ。僕は期待に心を躍らせ、スキップしながら後をついていった。

☆

ローマンさんとスノーさん、兄様と姉様がいる会議室に入っていく。すると、なぜか母様とメアリーも一緒にいた。

僕はローマンさんたちに、「僕も一緒に教えてもらっていいですか？」と、子どもが得意とする上目遣いをしながら席に着いてみた。

「クリフ様もですか……？　まあ減るもんじゃないし、構わないですよ」

ローマンさんは快《こころよ》く引き受けてくれた。

「クリフ、邪魔はするんじゃないぞ。ローマンさんとスノーさんに迷惑はかけるなよ」

兄様にそう言われ、「うん。わかった」と返事する。

兄様しっかりしてるな。これが長男としての自覚ってやつかな。

僕は兄様と姉様を見ながら、ふとそんなことを思った。

「ではアーサー様、ミリア様。本日から勉強を始めたいと思います。と言っても俺やスノーが教えられるのは冒険者についてだけだから、それほど教えられることはないかもしれません。それに、俺たちは冒険者業がメインだから、あまり来ることもできない。来た時には色々教えてやれるが、あまり期待しないように」

さすがAランク冒険者だ。普通、高ランク冒険者っていうのはもっと変にプライドが高い人ってイメージがあるのだが、この二人は礼儀もしっかりとしていた。

「先生。先ほど父様も言っていましたが、私たちは先生に教えを乞《こ》う立場です。アーサーと呼んでください」

「私もミリアと呼んでください。私は早く魔法を使ってみたいです。スノー先生、お願いします」

「僕も。クリフです」

「む……わかった。じゃあアーサーくんにミリアちゃん、クリフくんと呼ぶことにしよう」

「「「はい」」」

すると、母様が言った。

「それじゃあ、午前中は座学をするわよ。アーサー、ミリア、クリフ。よく聞きなさい」

「えっ？　座学は母様がするんですか？」

「そうよ。ローマンとスノーでは教えられないことも多いしね。貴族として覚えないといけないこともあるから、座学は基本、私とメアリーが担当するわ。七歳から領都の基本学校に通うようになるから、その前に文字の読み書きや計算、歴史など、覚えることは多いわ。アーサーとミリアは、学校でも周りから領主の子どもって見られるから、しっかりと勉強しましょうね」

なるほど。領都の学校だから領主の子どもとして恥ずかしい姿は見せられないってことか。だから優秀な冒険者をつけて今のうちから勉強させる、と。

まあどこの親も同じようなことを考えるだろうけど、全員が全員、学校が始まるまでに家庭教師

るからだ。

そう、ここは異世界なので、基本的な教養がない人も多い。家庭の事情で学校に通えない子もいるからだ。


を雇えるわけはないだろう。基本学校から読み書きとか計算を学ぶ人もいるんだろうな。


「それじゃ、早速《さっそく》始めるわよ。今日はこの国について教えるわね。アーサーは、この国の名前を知っている？」

どうやら座学は母様がメインで話すみたいだ。まあ母様を差し置いてメアリーが色々話すわけにもいかないから、当然か。

「はい。サリマン王国です」

「そうよ。地理で言うと、今私たちが住んでいる所が領都ボールドで、ボールドは王都サリマンの西に位置するの。サリマンを中心に王国があって、北には聖国、南には帝国があるわ。そしてボールドの西に広がる魔の森の向こう側に魔国がある。だいたい大きな国はそれぐらいね。あとは小さな国もいくつか存在するけど。だいたい大きな国を覚えておけば問題ないわ」

なるほど、聖国ってことは教皇がいて、聖女がいる感じだよな。帝国は実力主義で皇帝がいる感じか。魔の森っていうのもよくあるな。森の奥に行くほど強い魔物がいるのかな？　魔国には魔族がいるのかな？　あれっ、じゃあ王国の東側には何があるんだ？

僕は気になったが、二歳で色々質問するのはやばいと思い、ただただ母様の話を聞いていた。

「じゃあミリア。辺境伯領の役割って、何かわかる？」

「はい。ボールド領は魔の森から魔物が襲《おそ》ってこないように、定期的に森の魔物を狩って王国に被害が出ないようにすることと、万が一魔族が攻めてきた時に防衛できるように備えていると、父様が言っていました」

「正解よ。ボールド領では魔物の討伐《とうばつ》を定期的に行っているのよ。なので、強さが求められるの。だから、ボールド領にいる冒険者の平均ランクは王都の次に高いのよ」

そこまで母様が話すと、スノーさんが言った。

「ちなみに、領主様は魔の森に現れたドラゴンを倒したのよ」

「「「えっ」」」

僕たち三人は驚いた。

「父様はドラゴンを倒したんですか？　ドラゴンって物語に出てくる大きな火を噴《ふ》く竜ですよね」

兄様が代表でスノーさんに質問した。

「そうよ。アレクとミレイ、王様と王妃様の四人でパーティーを組んでいてね。魔の森の中心ぐらいにドラゴンが現れたんだけど、当時は大騒ぎだったのよ」

おお!?　父様と母様はドラゴンスレイヤーだったのか。すごいな、英雄レベルだ。しかも王様とパーティーを組んでたとか、まさにテンプレだな。これは王様が娘である王女様を連れて辺境伯領に来た時に、王女様と僕は出会い仲良くなって……って流れで決まりだな。

僕はハーレムの兆《きざ》しが見えたことにニヤニヤしながら妄想《もうそう》した。

「「父様、すごい」」

兄様と姉様も目をキラキラさせて、スノーさんの言葉を聞いていた。

「アレクとミレイは英雄ね。だからアーサーくんとミリアちゃんにも強くなってほしいと、私たちに家庭教師を依頼したの。英雄様からの依頼だし、私も張り切ってるわ」

スノーさんの話をどこか恥ずかしそうに聞いていた母様が言った。

「アーサーとミリアの適性は分かっているから、お昼ご飯を食べたら、午後からは護衛騎士のネルソンがアーサーを、ミリアは私が引き続き見るわね」

「えっ？　ローマン先生とスノー先生は？」

「ああ、俺たちは今日は挨拶に来ただけで、午後からは予定があるんだ。悪いな」

せっかくAランク冒険者の腕が見れると思ったのに、残念だな。まあ王国のことやボールド領のことが知れたのはよかった。

午後の実技、どうしよっかな。魔法を取るか、剣術を取るか。どちらについていこうかな～……。

☆

午後からの実技に向けて、僕はどちらについていこうか考えていた。

剣術のネルソンか、魔法の母様か。どうしようかな？　どっちも魅力的だけど……魔法は五歳になるまで使えないってことになってるから、ネルソンの方に行ってみるか。

僕は剣術系のスキルはまだ持ってないが、将来的には必須だと思っていたので、ネルソンに実技を教わることにした。

屋敷の庭に行くと、ネルソンと兄様が話をしていた。

「さて、アーサー様は『剣術』と『体術』のスキルと、『武神の加護』を持っているんでしたね」

「うん。どちらもAランクだったよ」

「そうですか。かなりいいスキルと加護を授かりましたね。『剣術』は『両手剣』や『片手剣』などの剣を使うスキルに上昇補正がかかるし、『体術』は素手での戦いに上昇補正がかかります。さらに『武神の加護』は戦闘に対して上昇補正がかかるので、ここで基礎を学んでしっかり勉強すれば、私よりも強くなれると思いますよ」

「本当⁉　がんばる」

兄様は気合いを入れて答えた。

「ですが、まず知っておいてほしいのが、スキルが全てではないということです。『剣術A』のスキルがあるからといって、『剣術』スキルを持たない者に必ず勝てるかといえば、そうではありません。負けることもあります。アーサー様、なぜかわかりますか？」

「わからない……」

「要はスキルとは才能であり、使いこなせなければ全く意味がないということです。アーサー様はまだ剣の握り方も知らなければ、振り方も知りません。スキルは努力をする者への後押しだと思ってください。いいスキルがあるからと訓練をサボって堕落《だらく》した人を見たことがありますが、アーサー様はしっかりと努力できますよね？」

「もちろんだよ。ネルソン」

なるほどな。たしかに「スキルがある＝強い」ということではないよな。『剣術』スキルだって、持ってれば剣のレベルが上がりやすいってだけで、実際に剣を振れるかは経験によったりするもんな。


僕はネルソンの話に真剣に耳を傾《かたむ》けながら、剣術系のスキルがない僕でも、剣を握って魔物を狩ることができる可能性があると考えて、早く剣を振ってみたくなった。

「よし、それじゃ実際に剣を振ってみましょうか。まずは素振りからですね。と、その前に準備運動をしましょう。剣に慣れるのも大事ですが、身体をほぐしておかないとケガをするし、危ないですからね」

ネルソンを真似《まね》て、僕と兄様は準備運動とストレッチをした。

「よし、じゃあ素振りからしてみましょう。まずは私が見本を見せるので、同じようにしてください。剣は木剣を使います。危ないですからね。素振りの基本は上からの振り下ろしです。片手剣だと片手で振り下ろしたり、振り上げたり、横になぎ払ったりしますが、初めは木剣の重さに慣れることから始めます」

ネルソンにそう言われ、木剣を握ってみるとたしかに重い……。これは難しいな。素振りというより、上下に移動させてるだけって感じだ。兄様も何度も素振りをしているが、かなりきつそうだ。

僕も兄様を見習って、休憩を取りながら木剣を上下に懸命に動かした。

「はい。その辺でやめましょうか。どうでしたか？」

「ネルソン。腕が重くてもう上がらないよ」

「僕も腕が重いよ」

「はっはっはっ。そうでしょうね。初めはみんなそんなものです。これから毎日素振りをして慣れていくんです。私が来られない時も、しっかり素振りをしておいてくださいね」

「「うん。わかった」」

「つまらないかもしれないですが、強くなるためには基本の動きがすごく大事なんです。応用は基本が身につけば自然とできるようになるので、しばらくは座学と、実技は基本の素振り、打ち合いと身体づくりですね。これが自然にできるようになるまでは他のことは覚えない方がいいです」

なるほど。たしかに地味なことをコツコツと、って前世でもよく言われてたな。実際に経験してみると重要性もよくわかるし、僕は兄様よりも三年も早く始めてるんだから、少しずつ慣らしていけばいいか。

初日の実技の授業はきつかったが、教えてもらった内容がとても充実してたので、自分自身の成長に大きくつながった気がした。


その日の夕食時――――

「アーサー、ミリア、今日の授業はどうだった？」

父様から今日の授業の内容を聞かれて、二人が答えた。

「はい。木剣で素振りをしたんですが、重くてネルソンみたいには全然できませんでした」

「私も母様に魔術の基礎を教えてもらったんですけど、魔力の塊が全然動かなくて大変でした」

「そうだな。俺も木剣を握った頃はそんな感じだったな。だが、毎日続けていたら違いが自分でもわかるようになって、うれしくてずっと木剣を振っていた気がするな」

「私もそうね。初めは動かなかった魔力の塊が、少しずつ動く距離が伸びてきて、魔力も目に見えて増えるのがわかると、楽しくなるのよね～」

「クリフはアーサーと一緒に素振りしたんだってな。大丈夫だったか」

「はい。重くて動かすだけでも苦労しましたが、最後の方は上から下に振り下ろせた気がします」

「お前はまだ二歳なんだから、無理するなよ」

「は～い」

僕はしれっと返事をした。

その日から、母様とメアリー、そしてネルソン、ローマンさん、スノーさんに色々なことを教わる日々が始まった。

第6話　相棒ゲットだぜ!?

ローマンさんたちが家庭教師をするようになって、僕の生活は少し変わった。兄様と姉様と一緒に座学をして、昼からは兄様についていって身体を動かしたり、姉様のそばで魔法を見たりと、ようやく異世界っぽくなってきた。

と言っても二歳児の身体なので、速く走ることもできないし、長くしゃべり続けることもできない。心は大人、身体は子どもの状態だ。

そんな中、今日も兄様と一緒に身体を動かそうと庭に出ると、家庭教師のローマンさんたちはまだ来ていなかった。

「兄様、今日はローマン先生とスノー先生、遅いですね」

「そうだな。今日の午前中は、冒険者の依頼があるって言ってたから、もしかしたら長引いてるのかもしれないな。先生がいつ来てもいいように、身体をほぐしておこうか」

「はい」

僕は二歳児の身体を思いっきり動かした。そして……。

「兄様、疲れました……」

準備運動だけで完全燃焼してしまった。

まあ二歳児だし、体力も全然ないんだから仕方ないよな。あ～、早く剣を振り回してゴブリンとかスライムを倒したり、魔法を使ってドラゴンを倒したりしたいな～。異世界ってあこがれてたけど、成長するまでは地味なことが多いから、小説でも「ひたすら魔力操作をした」とかで、さらっと流されることが多いんだよな～。体験してみないとこればっかりはわからないよな～。

「ははは。それはそうだろう。俺だってお前くらいの頃はこんなことしてなかったからな。屋敷の中をミリアと歩き回ってたぐらいだ。まあ無理するなよ」

「はい」

「おっ。来たみたいだな」

準備運動が終わるタイミングで、ローマンさんとスノーさんが現れた。

「待たせてしまったみたいだな。ちょっと魔の森でトラブルがあってな」

「トラブル⁉　大丈夫なんですか？」

「ええ。解決したからもう大丈夫よ。って、あっ‼」

スノーさんの持っているバッグから黄色い何かが飛び出してきた。

「えっ⁉」

「もう、まだ動き回れる状態じゃないんだから、大人しくしてなさい」

スノーさんは黄色い何かを捕まえて、頭をなでた。よく見ると、それは小さな生き物だった。

「スノー先生、それは？」

「ああ。さっきローマンがトラブルがあったって言ったでしょ。森の中でこの子が魔物に襲われていたの。さすがに見殺しにはできなかったから、助けて保護したのよ」

その見た目、そして「キッキッ」と鳴く声。あれはまさか⁉　……と思っていると、兄様が言った。

「フェネックですね」

「フェネック？　兄様⁉　知ってるんですか？」

「うん。本物を見たのは初めてだけど、家の書庫にあった本で見たことがある」

「ああ。近くに親の死骸《しがい》があったから、多分この子を守ったんだろう」

フェネックって言うんだ。でもこの動物ってアレだよね？　マジか……これはほしい。絶対ほしいぞ。異世界に来たらスライムとかフェンリルとかドラゴンだろ？　って思ってたけど、小動物もありだな。何がありって、異世界定番のもふもふ。そしてさらに小動物と言えばアニメの定番だ。有名キャラは、だいたいリスだったりキツネだったりお供にしてるもんな。あ〜、指出して「痛くない」って言いて〜!!

「スノー先生。僕も触っていいですか？」

「構わないわよ。でも魔物に襲われてちょっと臆病になってるから気をつけてね」

僕はスノーさんに近づいて、抱きかかえられているフェネックの耳を触った。

柔らかーーい。これがもふもふか。こりゃラノベの主人公たちが虜《とりこ》になるのもわかるな。

耳をなでられたフェネックは、気持ちよさそうに目をつぶり、喉を鳴らした。そして、スノーさんの腕から抜け出して、僕の身体を登ってきた。フェネックの子どもとはいえ、頭の上に乗ってくると、二歳の僕にとってはとても重かった。

「あら！　クリフくん、気に入られたみたいね」

そうなのだ。頭の上に乗ったかと思えば、僕がその重みに耐《た》えきれなくなって座り込むと、頭から降りて僕の顔をチロチロと舐《な》め始めたのだ。

「怖くない」って言って仲良くなりたかったけど……まあ結果オーライか。こんなにかわいいんだ。気に入られたのは素直にうれしいな。

「スノー先生……。このフェネック、僕にくれませんか？」

「えっ？　それは……」

「クリフ。ダメだろ！　スノー先生が見つけてきたんだぞ」

止めようとした兄様に、スノーさんが言った。

「ううん。それは大丈夫なんだけど……」

「ああ。クリフくんが飼いたいって言うなら、この子を譲《ゆず》ってやるのは構わない。この子もクリフくんになついているようだしな。が、ご両親に許可を取らないとな」

ローマンさんがそう言うのを聞いた僕は、とたんに走り出した。

「「あっ⁉」」

先ほどの準備運動で疲れていたのも忘れて、屋敷の中に戻り、父様にフェネックを飼っていいか聞きに行った。

フェネックも僕の後を追ってきた。といっても、僕よりもフェネックの方が速かったので、何度も何度も僕を追い抜いては立ち止まってこちらを振り向く。その仕草がなんともかわいくてかわいくて……。絶対にフェネックを飼うと心に決めた。

そして、父様に言った。

「父様。僕に初めての友達ができました」

フェネックを飼いたいとお願いするのではなく、もう友達だから一緒にいていいよね、という体《てい》で伝える作戦に出て、フェネックを無事に飼えることになったのだった。

異世界での僕の初めての仲間は、フェンリルでもスライムでもなく、アニメによく出てくる小動物、フェネックだった。


僕はフェネックに「リース」と名前をつけた。リースと友達になってからは、日々の訓練も苦じゃなくなった。それはそうだろう、あのもふもふ、つぶらな瞳。リースがいれば、練習の疲れなんて吹っ飛んだ。

そして僕は、フェネックのリースとともに、異世界をもっともっと楽しむことを心に決めたのだった。

第7話　ステータス爆伸び　二年間の努力

家庭教師のローマンさんとスノーさんが初めて来た日から、二年が経った。僕は四歳になり、アーサー兄様とミリア姉様は七歳になっていた。

この二年間はとても充実していた。

毎日毎日、体力づくりのために庭を駆《か》け回り、兄様と素振りをしたり、姉様に魔法を見せてもらったりと、努力した。しんどかったけど、チートのため、ハーレムのため、子どもながらに地味な訓練は堪《こた》えたが、必死にがんばった。

ローマンさん、スノーさんとの家庭教師の契約は、兄様と姉様が基本学校に入学するまでだったので、今日で終了である。さみしい限りだ。

あ〜、長かったけど二人とも今日でお別れか〜。二人には本当によくしてもらったな。こんな四歳児にすごい丁寧に教えてくれて、感謝しかないな。

父様が言った。

「ローマン、スノー。二年間ありがとう。おかげでアーサーもミリアも、そしてクリフもたくましくなったよ」

「「先生、ありがとうございました」」

僕たちは二人に感謝の言葉を口にした。

「いやいや、家庭教師って言われるほどのことなんて全然してないから、そこまでお礼を言われても困るな。暇な時にアレクの屋敷に来て、ちょっとお前らを見てタダ飯食ってただけだからな」

「いえ、先生たちからは冒険者のイロハを教えてもらいました。このボールド領には魔の森があるので、先生たちに教えてもらったことはすごくためになりました」

「そうね。二年間があっという間だったから、さみしいわね」

ローマンさんと、スノーさんが別れを惜しんでくれている。姉様は泣き出してしまった。

「まあ、ローマンもスノーも依頼で王都に行っても、また戻ってくるんだろ？　全く会えなくなるわけじゃないんだ。また戻ってきた時には一緒に魔物の討伐とかをすればいいじゃないか」

「「父様!?」」

「そうだな。俺たちのホームはボールド領だから、アレクの言うように、アーサーくんたちが冒険者登録したら一緒に冒険するのもおもしろいかもしれないな」

「なら話が早い。ボールド領に戻ってきたらまた顔を出してくれ。こちらから指名依頼という形で依頼を出すようにしよう」

「わかった。アレク、ミレイ、アーサーくんにミリアちゃん、クリフくんもまたな」

「みんな。またね」

「ローマン先生。スノー先生。二年間ありがとうございました。また会える日を楽しみにしています」

そう言って、また冒険者のイロハを教えてもらう約束をし、ローマンさん、スノーさんと別れたのだった。

☆

二人と別れて、僕は部屋に戻っていた。

「ステータスオープン」

【名　前】　クリフ・ボールド

【年　齢】4歳
【種　族】人族
【身　分】辺境伯家次男
【性　別】男
【属　性】火・水・風・土・光・闇・時・空間
【加　護】創生神の加護・魔法神の加護・剣神の加護【NEW!】
【称　号】転生者
【レベル】1
【H　P】200
【M　P】550
【体　力】40
【筋　力】30
【敏　捷】30
【知　力】300
【魔　力】2000
【スキル】鑑定・アイテムボックス・全魔法適性・身体強化
無詠唱・気配察知・消費MP軽減
光魔法LV3【NEW!】・片手剣LV2【NEW!】

この二年でステータスはだいぶ上がり、魔力がすごいことになっていた。まだ公《おおやけ》に魔法を使うことができないから、姉様の訓練に交じって魔力操作をずっとしていたせいだ。MPも増えているのは、部屋でこそこそ『光魔法』を使っていたおかげだ。バレないようにやっていたら、『気配察知』もいつの間にか身についていた。『消費MP軽減』のスキルが身についたのはよろこばしいが、『光魔法』だけでは消費が難しくなり、最近はMPがあまり上がらなくなった。

剣術の訓練でも、毎日木剣を振っていたおかげで『片手剣』のスキルを得ることができた。『剣神の加護』もいただき、四歳児の中では最強かも、と思っていた。現に魔力は姉様よりも多くなっていた。

四歳だから体力とかはなかなか上昇しないが、魔力関連はがんばった分上がったって感じだな。明日からもがんばらないとな～。

今までは兄様や姉様と一緒に訓練していたが、二人は明日から学校があるから、今後は一人で訓練をしていかなければならない。

まあでも一人ならこそっと魔法を使ったりもできるし、色々試しながらやっていくか。五歳の鑑定の儀までは努力してステータスを上げて、鑑定の儀が終わったら魔の森にも行ってみたいしな～。

充実した毎日を送っていた僕は、今日も満足して眠りについた。

第8話　ステータス爆伸び　第二弾

兄様と姉様が基本学校に通い出してからは、一人で訓練することが多くなった。時々母様から魔法を教えてもらい、ネルソンには時々剣術の稽古をつけてもらった。

あれから一年が経ち、ようやく明日は鑑定の儀だ。ここまで長かったな。

ベッドに座りながら、異世界に転生してからの五年間を思い出した。

死んだと思ったら異世界に転生し、チートとハーレムを目指して努力する日々。ステータスは上がったが、チートのためにはけっこうな努力が必要だった。

まあいきなりチートをもらって行動するより、努力してステータスを上げて強くなってからチートする方が、ゲームっぽくていいよな。ＲＰＧとか、けっこう初めの街周辺で鬼レベリングしてたし。

前世からの性格なのか、淡々と作業することは嫌いではなかった。

明日の鑑定の儀はどうなるんだろう？　テンプレだったら神様と会って話すことができるんだけどなぁ。

小説なら鑑定の儀で神様たちがいる場所に精神が飛んでいき、会話するというのはよくある展開だった。

まあなるようになるか。ステータスも上げたし、鑑定の儀を終えたら魔の森を探索だな。

ステータスは上がったが、チートと言われるためにはまだ足りないと僕は思っていた。

「ステータスオープン」

【名　前】クリフ・ボールド
【年　齢】5歳
【種　族】人族
【身　分】辺境伯家次男
【性　別】男
【属　性】火・水・風・土・光・闇・時・空間
【加　護】創生神の加護・魔法神の加護・剣神の加護
【称　号】転生者
【レベル】1
【HP】400
【MP】2000
【体　力】80
【筋　力】60

【敏　捷】60
【知　力】500
【魔　力】3000
【スキル】鑑定・アイテムボックス・全魔法適性・身体強化
無詠唱・気配察知・消費MP軽減
水魔法LV3【NEW!】・風魔法LV3【NEW!】
土魔法LV3【NEW!】・光魔法LV5・片手剣LV4

この一年間で、ステータスはほぼ倍になったものもある。

一人で訓練することになったが、サボらずに続けた成果だ。

MPと魔力は大幅に上がった。『消費MP軽減』でなかなか苦労したが、庭で『土魔法』を使ってみたり、『水魔法』を使ってみたり、『風魔法』を使ってみたりと、色々イメージしながらやってみると、意外とうまくいったのだ。その結果、どの魔法もスキルレベルを3以上にすることができた。

やっぱり魔法はイメージが大事っていうのは間違いないな。ただ、魔法書を読んだわけじゃないから、一般的に魔法がどのようなものかはよくわからないんだよな～。

『光魔法』を使って光の剣とかレーザービームとか出してみたいし、『土魔法』はゴーレムとか家とかを作ってみたい。『水魔法』はなんだろ？　『回復魔法』は水か光の派生で使えると思うんだよな～。『風魔法』は空を飛んでみたい。

やりたいことがたくさんある僕にとって、チートはまだまだ先だと思っている。それに、やりたいことがたくさんあるおかげで日々をがんばれている。成果がすぐに見えるというのも大きいだろう。

前世では成果が目に見えないことが多々あった。異世界ではステータスを見れば能力が上がったかどうかがすぐにわかるので、努力しがいがあるというモノだ。

魔法と言えば、『雷魔法』とか『氷魔法』も使ってみたいな。複合魔法かな？　イメージしたら使えると思うけど、五歳児が使ったらかなり怪しまれるよな……。

とすると、あとはどうやって魔の森でレベル上げをするかだよな～。

兄様と姉様でさえ、魔の森へ行く時はローマンさんやスノーさんと一緒に行っている。一度「一緒に連れていって」とお願いしたことはあったが、「ダメ」と断られた。

まあ街には自由に行けるようになるし、森に入らなければ外にも出られると思うから、内緒で行くしかないよな。

僕は今後の人生設計を考えながら、今日も魔法を使いながらＭＰを消費して眠りについた。

第9話　鑑定の儀　創生神様お久しぶりです

今日は鑑定の儀だ。父様と母様と一緒に教会に向かった。

「クリフ、今日は鑑定の儀だ。アーサーとミリアの時にも言ったが、もし加護やスキルを授からなくても、お前は俺の大事な息子なんだから、緊張せずに気軽に行ってこいよ」

「そうよ。気軽に受ければいいのよ。でもクリフちゃんならすごい加護とスキルを授かりそうね。アーサーちゃんやミリアちゃんと違って手もかからないし、毎日真面目に訓練してるものね」

「はい。父様、母様。僕は魔法を使ってみたいので、魔法神様の加護とか魔法のスキルを得たいです。それにアーサー兄様のように剣も使いたいので、そちらの加護とスキルもほしいです」

僕は既に加護もスキルも持っているが、欲張っているように願望を伝えた。

「そうだな。クリフなら、もしかしたらどちらにも適性があるかもしれないな。親バカかもしれないが、クリフならそうなる気がするよ」

教会に着いた僕たちは、前回案内してくれたモルト司祭に声をかけた。

「モルト司祭、おはよう。今日は息子の鑑定の儀で来たんだ。よろしく頼む」

「アレク様、お久しぶりでございます。ついこの間、アーサー様とミリア様の鑑定の儀をしたと思ったら、月日の経つのは早いですね。今日はクリフ様の鑑定の儀ですね。こちらへどうぞ」

司祭に案内されて、教会の中に入る。前回と同じように、教会の中で父様と母様は待ち、僕だけが儀式の間へ入った。

儀式の間は真っ白い空間で、目の前に創生神様の像がある。ここでお祈りするようだ。僕は目をつぶり、創生神様に祈りを捧《ささ》げた。

すると――

「光也くん、久しぶりじゃの」

前世の名前で呼ばれ、目を開けると、神々しいオーラをまとった創生神様と知らない神様が五人、目の前にいた。ただし、なぜかコタツに入ってくつろいでいる。

「創生神様、お久しぶりです。やっぱりこの展開になりましたね。鑑定の儀の時に神様に会えるんじゃないかと思っていたんですよ。それに今の僕は、クリフ・ボールドです」

「そうじゃったな。たまに見させてもらってるが、ずいぶんがんばってるみたいじゃな」

創生神様は僕のことをたまに見てくれているみたいだ。

「そうですね。前世の知識があるので、子どものうちからがんばっていれば、将来安泰《あんたい》かと思いまして」

「ハーレムとチートのためじゃな」

創生神様に自分の欲望を指摘されて、僕は少し恥ずかしくなった。

「恥ずかしがらんでも転生する時にそう言っておったから、何もおかしなことはないじゃろ。それよりも、わし以外の神たちを紹介させてくれ」

「おっ、ようやくか。爺《じい》さん、紹介がおせぇよ。クリフ、俺が剣神だ。よろしくな」

金髪にマッチョな姿の神様が自己紹介した。イケメンマッチョが剣神ね。

「私が魔法神よ」

金髪でロングヘアのすごい美人がいるなと思っていたら、魔法神だった。

「ワイは商売神でっせ」

関西弁訛《なま》りで恰幅《かっぷく》のいい恵比寿《えびす》様のような人は商売神らしい。

「あたいが戦神だ」

赤髪にビキニアーマーを着た女性が戦神らしい。まんまだな。

「僕は遊戯《ゆうぎ》神だよ」

子どものようにむじゃきな笑みを浮かべた少年は、遊戯神らしい。

「ちょうど今時間があった神が、わしを含めてこの六人なのじゃ。他にも愛情神や豊穣《ほうじょう》神、生命神や死神、武神、獣神や竜神などがいるんじゃが、皆忙しくてのぉ」

神様は意外に忙しいらしく、創生神様は申し訳なさそうに言ってきた。

「いえいえ、気にしないでください。元々、創生神様に会えるかな～ぐらいの気持ちでしたので、他の神様と会えてうれしく思っています」

「そう言ってくれるとありがたいのぉ」

「そういえば、今回、神様に会えたのは僕に何か伝えたいことでもあったんですか？」

僕は気になったことを聞いてみた。

「そうじゃった、そうじゃった。本来、クリフくんはこの鑑定の儀ではスキルを得られないのじゃが、お主が転生者であることがバレないように、特別に『隠蔽《いんぺい》』のスキルをプレゼントしようと思ったのじゃ。他の人間には『転生者』の欄は見えなくしておるから、安心するのじゃ。それと、剣神と魔法神が加護を与えたようじゃから顔見せをしようと思っての」

「そうなんですね。創生神様、ありがとうございます。魔法神様と剣神様も加護を授けてくださり、ありがとうございます」

僕は神様にお礼を伝えた。

「おう。クリフが毎日、木剣を振ってるのを見てたからな。今後も剣を使って精進してくれ」

「全属性に適性があるんだから、私が加護を授けるのは当然よ。がんばって色んな魔法を私に見せてちょうだいね」

剣神様も魔法神様も僕を見てくれてるみたいだ。これは下手なことはできないな。がんばらないと。

「そろそろ時間のようじゃ。クリフくん、教会に来てくれればわしらに会うことができるから、時間がある時にまた来てくれるかのぉ」

「本当ですか。それはうれしいです。わかりました。時間ができたら会いに来ます。今日はありがとうございました」

神様との会話が終わり、僕は儀式の間で目を覚ました。

教会に来れば神様と話ができるんだな。これから神様に聞きたいことがあったら教会に来ようっと。

さてと。儀式の間を出る前に、ステータスを確認しないとな。

「ステータスオープン」

【名　前】クリフ・ボールド
【年　齢】5歳
【種　族】人族
【身　分】辺境伯家次男
【性　別】男
【属　性】火・水・風・土・光・闇・時・空間
【加　護】創生神の加護・魔法神の加護・剣神の加護・武神の加護【NEW!】
【称　号】転生者
【レベル】1
【Ｈ　Ｐ】400
【Ｍ　Ｐ】2000
【体　力】80

【筋　力】60
【敏　捷】60
【知　力】500
【魔　力】3000
【スキル】鑑定・アイテムボックス・全魔法適性・身体強化
無詠唱・気配察知・消費MP軽減・隠蔽【NEW!】・複合魔法【NEW!】
水魔法LV3・風魔法LV3・土魔法LV3・光魔法LV5
剣術S【NEW!】・片手剣LV4

『隠蔽』の他に『武神の加護』と『複合魔法』、『剣術S』が増えている。スキルは加護のおまけでつけてくれたみたいだ。神様に感謝だな。

僕は再度神様に感謝の祈りを行った。

さて、儀式の間から出たら父様と母様にステータスを見せないといけないから、見られちゃまずい『転生者』は、創生神様がくれた『隠蔽』で消しておかないとな。

『隠蔽』を使うと、『転生者』にカッコがついた。このカッコがついていれば、他の人からは見えないんだろうな。

よし。

『隠蔽』を終えて、僕は儀式の間を出た。

「父様、母様。無事鑑定の儀を終えて、加護とスキルを授かりました」

「おおー。さすがクリフだ。では早速見せてくれ」

「はい。ステータスオープン」

【名　前】クリフ・ボールド
【年　齢】5歳
【種　族】人族
【身　分】辺境伯家次男
【性　別】男
【属　性】火・水・風・土・光・闇・時・空間
【加　護】創生神の加護・魔法神の加護・剣神の加護・武神の加護
【称　号】(転生者)
【スキル】鑑定・アイテムボックス・全魔法適性・身体強化
無詠唱・気配察知・消費MP軽減・隠蔽・複合魔法
水魔法LV3・風魔法LV3・土魔法LV3・光魔法LV5
剣術S・片手剣LV4

カッコ内は『隠蔽』で隠れている。

ステータスを見た父様と母様は絶句した。

「クリフ……お前……やばいな。これ！」

「クリフちゃん……加護もスキルも授かりすぎじゃない⁉」

両親は加護とスキルの多さに驚くとともに、言葉を失っていた……。

「ちょっとここじゃ話せないな。一度家に帰ってからゆっくり話そう。いいな、クリフ」

「はい、父様」

「それとステータスは他の人に絶対見せるな。このステータスはやばすぎる。絶対に見せるなよ」

何度も念を押された僕は、ゆっくりうなずいた。

家族三人で街を散策することにもならず、屋敷に帰るまで、みんな無言で少し雰囲気が悪かった……。別に悪いことをしたわけじゃないけど、もしかして他の項目ももう少し『隠蔽』した方がよかったかな……。

気まずい空気を作り出した僕は、ステータスの『隠蔽』に失敗したと後悔した。

☆

その日の夕食時。

「クリフちゃん。鑑定の儀はどうだったの？」

一番に姉様が聞いてきた。

「え〜と、加護とスキルは無事に授かりました」

僕は父様を見ながら静かに答えた。

「おめでとう。ステータス、見せて見せて」

姉様にねだられ、どうしようか迷っていると――

「ミリア、待ちなさい」

と、父様が姉様を止めた。

「ミレイもアーサーもミリアもよく聞きなさい。クリフは今日、鑑定の儀を受けて加護とスキルを授かったんだが、普通では考えられないほどの加護とスキルを得ている。これが他の国や貴族などに知れ渡ればクリフの命が危ないし、連れ去られて奴隷《どれい》にされるかもしれない。だからクリフのステータスについては、絶対に言わないように。それが守れるなら、クリフ。ステータスを見せてあげなさい」

母様と兄様と姉様が、父様の言葉にうなずいたところで、僕は「ステータスオープン」と唱え、ステータスをみんなに見せた。

【名　前】　クリフ・ボールド
【年　齢】　5歳
【種　族】　人族

【身　分】辺境伯家次男
【性　別】男
【属　性】火・水・風・土・光・闇・時・空間
【加　護】創生神の加護・魔法神の加護・剣神の加護・武神の加護
【称　号】(転生者)
【スキル】鑑定・アイテムボックス・全魔法適性・身体強化
無詠唱・気配察知・消費MP軽減・隠蔽・複合魔法
水魔法LV3・風魔法LV3・土魔法LV3・光魔法LV5
剣術S・片手剣LV4

教会内での時と同じように、みんな絶句している。僕は苦笑いだった。

「加護が四つもあるし、魔法の属性も八属性に適性あり、魔法のスキルに『剣術S』って、クリフ、お前すごすぎだな」

兄様がびっくりしながらも素直に称賛《しょうさん》した。

「クリフちゃんすごーい」

姉様は驚きで言葉少なめだが、顔は笑っていた。

「そうだ。すごいんだ。いや、すごすぎるんだ。普通なら両手を上げて喜ぶところなんだが、どうしていいかわからないっていうのが正直な感想だな」

父様は困惑《こんわく》しているようだ。

みんなが驚くのも当然だ。この世界では加護は一つ授かれば御《おん》の字《じ》なのに、二つどころか四つだ。魔法も一つか二つなら普通で、三つも属性がある者ですらそうはいないのに、八属性である。さらに、魔法も物理もどちらも超一流になれるスキルもあるのだから……。

そうしてみんなでステータスについて話していると、兄様がふいに「クリフは神童だな」とつぶやいた。

第10話　Aランク冒険者再び

鑑定の儀を終えて、ステータスを公開した僕は、『隠蔽』に失敗し、屋敷内では「神童」と呼ばれるようになった。

そうして何日かした後に、父様に呼ばれた。

「クリフ、お前も鑑定の儀を終えたから、アーサーやミリアの時のように、ミレイとネルソン、そしてローマンとスノーに勉強を見てもらうことにする。と言っても、アーサーやミリアと一緒に学んでいたから必要ないかもしれないがな」

「父様。兄様と姉様の時はほとんど見てるだけでしたので、直接教えてもらえるのはうれしいです。まだまだ僕も勉強不足なので」

「たしかにそうだな。まあ五歳になったことで、昔できなかったことが今はできるようになっていることもある。しっかり勉強しろよ」

「はい」

☆

数日が過ぎ、ローマンさんとスノーさんが来てくれた。

「クリフくん、久しぶりだね。神童の噂は聞いてるよ」

そう、みんなに口止めしていたにもかかわらず、僕はすごい加護とスキルを授かった神童だと噂されていた。

「恐縮ですが、がんばりますのでご指導お願いします」

僕は丁寧に二人に挨拶をした。

「じゃあ早速、俺と打ち合ってみようか。素振りは続けてたんだろ？　前々からクリフくんは努力してたし、『剣術S』のスキルがどんなモノか見たいからな」

ローマンさんはそう言って、木剣を投げてきた。

「わかりました。よろしくお願いします」

僕は木剣を拾い、構えた。そしてローマンさんに向かっていった。

必死に剣を振り攻撃するが、全ていなされている。

一時間ほど打ち合いが続いたところで、ローマンさんが手を止めた。

「よし。だいたい実力はわかったからもういいぜ。それにしてもクリフくん、剣術だけじゃなくて体力もだいぶついたな。アーサーくんの時なんて、腕が上がらないって倒れこんでたのに」

「はい。先生に言われたように体力づくりと素振りは毎日欠かさずやってましたから」

「そうだろうな。剣の振り方を見ても、毎日振ってるのがわかるよ。実力としては既にBランクぐらいはあるな。五歳で神童と呼ばれるのも納得だ。魔法を使いながらの戦闘だったら、俺も負けるかもしれないな」

ローマンさんが笑いながら冗談を交えて実力を教えてくれた。

「本当ですか。じゃあ、魔の森に行っても大丈夫ですか?」

僕は魔物を狩ってレベルを上げたかったので、魔の森でも通用するのか聞いてみた。

「そうだな。今までは一人で素振りばっかりだっただろうから、もう少し対人で剣の訓練をしたら、魔の森に連れていってもいいかもな」

「本当ですか。やった〜。僕がんばります」

さらにステータスを上げられることにうれしくなり、僕はますますやる気が出た。

次はスノーさんの魔法の授業だ。

「次は私の番ね。クリフくん、魔法については今はどんな感じなのかな」

「はい。詠唱の言葉を知らないので魔法の種類なんかはわかりませんが、イメージが大事だということは知っています。あと、魔力操作はできます」

「了解。じゃあ魔法について教えるわね。クリフくんが言うように、魔法っていうのはイメージが大事なの。詠唱は補助でしかないわ。例えば水をイメージしてみて。雨とか普段飲んでる水よ。それをイメージしながら魔力を手から外に出すイメージをするの。やってみるわね。水よ出《い》でよ、『ウォーターボール』」

スノーさんが詠唱すると、手から水の玉が出た。

「こんな感じよ。初級は全てボール系の魔法になるわね。『ファイヤーボール』『ウォーターボール』『ウインドボール』『アースボール』ね。魔力操作がスムーズにできると、魔法の発動も問題ないはずよ」

僕はスノーさんの真似をして「水よ出でよ、『ウォーターボール』」と詠唱し、同じように水の玉を出した。

「先生、できました」

昔からできるので当然なのだが……スノーさんは「えっ。魔法が発動してる……。クリフくん、魔法使えたの？」と目を見開きながら聞いてきた。

「スノー先生の真似をしたらできちゃいました」

僕は舌をペロっと出して、かわいらしく答えた。

「さすがクリフくん……神童って噂もだてじゃないわね。これは、私が教えられることはあまりないかもしれないわね。クリフくんは八属性使えるはずだから、私と魔法を撃ち合いながら、攻撃と防御を覚えていくようにしましょうか。あとは魔法書を見ながら魔法の種類を覚えていけば、すぐにAランクレベルの魔法使いになれると思うわ」

「本当ですか⁉　がんばります」

二人に家庭教師になってもらって本当によかった。これからの成長が加速度的に伸びていきそうな気がして、さらにやる気が高まった。

☆

そうして一年が経ち、今日はローマンさん、スノーさんと魔の森に来ていた。

あれからずっと母様とネルソンに勉強を教わりながら、ことあるごとに「魔の森に行ってみたい。魔の森に行ってみたい」と連呼し、先日ようやく許可が下りたのだ。

しかもうれしいことに、ローマンさんとスノーさんと一緒だ。さすが父様だ。僕のことをよくわかってる。これ以上、許可が下りなかったらこっそり一人で魔の森に行っていたところだ。

まあ、父様と母様からは「やることをちゃんとやれば魔の森へは連れていってやるから、絶対に一人では行かないように。もし破ったら、今後一切授業はしない」と言われていたので自重した。

ようやく魔の森に来ることができたな。一年間の指導は長かったけど、剣術もかなり使えるようになったし、魔法のレベルも上がった。はっきり言って、自分でもチートだと思うしな。

僕は一年間の訓練を思い出し、ステータスを表示した。
「ステータスオープン」

【名　前】クリフ・ボールド
【年　齢】6歳
【種　族】人族
【身　分】辺境伯家次男
【性　別】男
【属　性】火・水・風・土・光・闇・時・空間
【加　護】創生神の加護・魔法神の加護・剣神の加護・武神の加護
【称　号】(転生者)
【レベル】1
【Ｈ　Ｐ】3000
【Ｍ　Ｐ】5000
【体　力】300
【筋　力】150
【敏　捷】150
【知　力】800

【魔　力】　4000
【スキル】　鑑定・アイテムボックス・全魔法適性・身体強化
　　　　　　無詠唱・気配察知・消費MP軽減・隠蔽・複合魔法
　　　　　　火魔法LV5・水魔法LV5・風魔法LV5・土魔法LV5
　　　　　　光魔法LV6・闇魔法LV1・時魔法LV1・空間魔法LV1
　　　　　　剣術S・片手剣LV6・短剣LV4

もはやレベル1のステータスではないと思う。ましてや六歳のステータスとしてはありえないだろう。

ちょっとがんばりすぎたかな……能力値は他の人には見えないから大丈夫だとしても、一緒に行動しているローマンさんとスノーさんにバレないようにしないと。ある程度は自重しないとな。まあ、母様やネルソンからどの程度やれるかは聞いてるかもしれないけど……。

適性能力が多く、『創生神の加護』がある僕は、教えられたことをメキメキと吸収し、急スピードで成長していた。能力値がAランク冒険者と比べてもの足りないのは、レベルが1のためだ。

ちなみにレベルアップ時の能力値の上昇は、初期値に連動する。つまり、レベルを上げる前に能力値を上げておくと、レベルが上がった時の能力値の上がり幅が大きくなるのだ。

チートはうれしいけど、自由がなくなるのは辛いから自重は意識して、でも「自重しろよ」って周りから言われるのもテンプレだから体験してみたいし……難しいな。

色々考えながら歩いていると「クリフくん、考え事してないで集中しなさい。ここは魔物が出るのよ。あなたが神童でも油断してると死ぬわよ」と、スノーさんに注意された。

「すいません。気をつけます」

そう言って、気を引き締めた。

「まあ、魔の森に入っても浅い所ではそんなに強い魔物は出ないから大丈夫だとは思うがな。それでも魔の森ではどんなことが起こるかわからないから、注意は必要だぞ」と、ローマンさんがフォローしてくれた。

「はい。わかりました。ちなみにこの辺りはどんな魔物が出るんですか?」

僕は確認のため、聞いてみた。

「そうだな。今日は全然遭遇《そうぐう》しなかったが、魔の森に行くまでの草原にはスライムやリトルシープがいて、それらは魔の森の浅い所にもいる。あとはスモールボアとかゴブリンがいるぐらいだな」

「初心者はみんなリトルシープを狙うわ。弱くて素材も肉に皮にとお金にもなるからね」

「逆にゴブリンは最悪だな。仲間を呼ばれるとやっかいだし、素材は全然ない」

おおー、聞いたことがある名前だ。スライムやゴブリンはゲームでおなじみのモンスターだし、シープはヒツジだろ。ボアはイノシシだよな。

魔物の話を聞いていたら「おっ、あっちの方角に何やらいるな。この感じはリトルシープだな。他には何も感じないから、クリフくんの初戦闘にはもってこいだな」と、ローマンさんが言った。

「先生。何も見えませんが、どうして何かいるってわかるんですか?」

多分『気配察知』のスキルだろうけど、『鑑定』でローマンさんのスキルを見たことは内緒なので、わからない体で聞いてみる。

「ああ、俺は『気配察知』っていうスキルを持っていてな。周辺の気配がわかるんだ。まあ、スキルを持っていなくても、冒険者ならある程度、周辺の気配がわかるようにはなるんだがな」

「僕も『気配察知』のスキルを持ってますが、全然わかりませんでした」

僕の『気配察知』のスキルは全然仕事をしてくれなかった。

「それは、経験が足りないからだな。まあまだリトルシープまでの距離は遠いから、練習してみるか。クリフくん、目をつぶって自分を中心に意識を周りに広げてみるんだ」

「はい」

僕はローマンさんの言葉どおりに目をつぶり、意識を周りに向けてみた。すると、ぼんやりと違和感がある箇所が一つあった。

「何か違和感がある感じはするか？」

「はい。あっちの方角に小さな違和感があります」

ぼんやりと小さな赤いもやみたいなモノを感じることができた。

「それが『気配察知』だ。慣れてくると移動しながらでもできるし、数も魔物の種類もわかるようになる。これは経験していくしかないな」

『気配察知』を試していると、リトルシープが姿を現した。

「やっぱりリトルシープだったな。まずは魔法から試してみるか」

「森の中だと『火魔法』は危ないから、それ以外の魔法で倒してみて」

二人にそう言われ、僕は『水魔法』を選択した。

「はい。『ウォーターボール』」

僕は拳大《こぶし》に調整した『ウォーターボール』を、リトルシープに向けて放った。

魔法が当たったリトルシープは「きゃん!!」と声を出し、吹き飛ばされ、木にぶつかった。

「よし、うまく当てられたな」

ローマンさんはそう言い、リトルシープに駆け寄っていった。

僕はあまりのあっけなさに、リトルシープを倒したという実感があまりわかなかった。だが、異世界に来て初めて魔物を討伐したんだ。

僕の異世界冒険記が本格的に進み出した……気がした。


リトルシープを倒した僕は、ローマンさんの指導の下、リトルシープを解体していた。

「クリフくん、森で火魔法を使うのはだめだとスノーが言ったが、その理由は火事が起きたり、素材が燃えてしまったりするからだ。素材は冒険者にとってはとても重要だ。クリフくんは貴族だから関係ないかもしれないが、俺たち冒険者はギルドの依頼で魔物を討伐する時は、倒すだけではなく、素材をはぎ取り、それを売って収入も得ている」

「先生、家は兄が継ぐので、僕は将来は冒険者になろうと思ってます。だから解体のやり方や素材のことは教えてほしかったんです」

そう、辺境伯家は兄様が継ぐので、僕は元々冒険者になろうと思っていた。

「なるほどな。まず、魔物によって素材が売れるモノと売れないモノがある。リトルシープの場合は皮と肉と魔石が売れるな。肉は食用として重宝されているから、鮮度が悪くならないように血抜きをする。皮は防具になったり、衣類になったりと万能に使えるので、うまくナイフを使ってはいでいく。片手剣では難しいから、ナイフか短剣でするのがいいだろう」

前世ではウサギどころか動物をさばいた経験がないので、手探りで言われたとおりに解体していった。

今回はリトルシープだったから、討伐も解体もましだな。人型のゴブリンとか、僕は討伐できるのかな。ましてや解体とかって、ちょっと無理っぽいよな〜。

前世で人を殺した経験も解剖した経験もない僕は、こちらの世界の常識にうまくなじむために気を引き締めた。

「よし。解体はこんな感じだろう。これは後で俺たちがギルドに売りに行ってくるぜ。クリフくんは、まだ冒険者登録できないからな」

そう。この世界は十一歳にならないと冒険者登録はできない。つまり、基本学校を卒業した時に初めて冒険者としてデビューできるのだ。もちろん魔物を討伐して素材を売却することは冒険者登録をしていなくてもできるのだが、普通の子どもはしない。なぜなら魔物とは、それほどに危険だからだ。

「よし、まだまだ時間はあるから、この調子で今日は魔物を何体か狩っていこう。大丈夫かな？

もし疲れたなら言ってくれよ。やりすぎるのもよくないし、今日は初めてなんだから慎重にいかないといけないからな」

「先生、ありがとうございます。でも大丈夫です。僕は今日はレベルアップしたいと思っていたので、魔物狩りを続けたいです」

僕は早くレベルを上げたかったので、ローマンさんに要望を伝えた。

「レベルか～。たしかに魔物を討伐すればレベルは上がるが、そんなに簡単には上がらないぞ。アーサーくんやミリアちゃんも、一カ月程かかった気がするぞ」

「そんなにかかるんですか⁉」

たしか、兄様と姉様は基本学校がない週末に訓練とか狩りとかしてたよな。一カ月ってことは、八回ぐらいの討伐でようやくレベルアップか～。すぐにレベルが上がると思っていた僕は、ちょっと気分が落ち込んだ。

「でも、より多く魔物を狩ればレベルは早く上がりますよね？」

「ああ、それは間違いないが、焦って行動するのはミスの元だからな。レベルを上げるためにがむしゃらに動くと危ないから、今日は十体までにしようか」

「はい。わかりました。すいません。レベルを気にして焦ってしまいました」

「まあクリフくんの気持ちもわかるよ。ただ、そうやって命を落とした冒険者も少なくない。今は俺たちが教師としてついているから安心だが、普通はAランク冒険者が初心者につくことなんてないから。命を大事にして行動するのは冒険者じゃなくても基本のことだよ」

「そうですね。わかりました」

たしかに「命を大事に」って重要だよな。ゲームでは基本「ガンガンいこうぜ」だったからな〜。

まあでもゲームでは死んでもリセットできるけど、リセットできない現実なら「命を大事に」が基本なのはそのとおりだな。


前世のゲームと同じようにはいかないことを改めて理解した僕は、二人と一緒に慎重に魔物を狩っていった。

そして、ちょうど十体目のゴブリンを倒したところで、「ちゃららららっちゃららーん」と頭の中にレベルアップっぽい効果音が響いた。

「えっ⁉」

僕は音が鳴ったことに驚いて声を上げた。

「どうした、クリフくん?」

「いや、なんか音が鳴った気がして……」

僕は伝えていいかわからなかったので、ごまかしながら言った。

「お〜。ならレベルアップしたんじゃないか。レベルが上がるとわかるようになってるからな」

ローマンさんがそう教えてくれた。

なるほど、この世界はレベルが上がるとわかるようになってるんだな。これはＲＰＧのゲームっぽいな。

「後でステータスを確認してみな。レベルが上がることで能力も上がるし、スキルとかを授かることもあるからな」

「はい！　ありがとうございます！　先生！」

僕はレベルが上がったことにテンションが高くなって、大声でお礼を伝えた。

「じゃあまあ今日はこの辺りにしておこうか。そろそろ夕方になるし、ちょうどいいな」

ローマンさんにそう言われ、僕の初めての魔物討伐は終わりを迎えた。

☆

魔物の討伐を終えた僕は精神的に疲れていたが、顔はニヤニヤしていた。

レベルアップ、レベルアップ、レベルアップ～♪　早くステータスを確認したいな。

ルンルン気分で屋敷に帰って、今日の出来事を家族に話し、自室のベッドに座った。

「よし、ステータスオープン」

【名　前】　クリフ・ボールド
【年　齢】　6歳
【種　族】　人族
【身　分】　辺境伯家次男

【性　別】男
【属　性】火・水・風・土・光・闇・時・空間
【加　護】創生神の加護・魔法神の加護・剣神の加護・武神の加護
【称　号】(転生者)・神童【NEW!】
【レベル】2
【ＨＰ】３３００
【ＭＰ】５５０００
【体　力】３３０
【筋　力】１６５
【敏　捷】１６５
【知　力】８８０
【魔　力】４４００
【スキル】鑑定・アイテムボックス・全魔法適性・身体強化
無詠唱・気配察知・消費ＭＰ軽減・隠蔽・複合魔法
火魔法ＬＶ５・水魔法ＬＶ５・風魔法ＬＶ５・土魔法ＬＶ５
光魔法ＬＶ６・闇魔法ＬＶ１・時魔法ＬＶ１・空間魔法ＬＶ１
剣術Ｓ・片手剣ＬＶ６・短剣ＬＶ４

おぉ〜。能力値が一割ぐらい増えてるぞ。訓練して能力を上げるより効率がいいな。冒険者登録できるまでにはまだ数年あるし、魔の森でレベルを上げつつ、魔法の種類を増やしていくのが今後の課題だな。パーティーとかも組んでみたいけど、やっぱり基本一人で何でもできるマルチプレイヤーが理想だからな。

それにしても初めての魔物討伐は、驚きの連続だったよな〜。ゴブリンとか人型の魔物って、殺すのはやっぱりちょっと躊躇《ちゅうちょ》したし、魔石を取り出すのも気持ち悪くてなかなかうまくいかなかったなぁ。

スライム、リトルシープは特に何も思わず討伐できたが、ゴブリンはちょっと怖かった。素材が売り物にならないので解体をしなくて済んだ点に関しては大いに安堵《あんど》したが、魔石を取り出すために心臓にナイフを入れる感触は、何度味わっても慣れないと思う。

☆

あれからローマンさん、スノーさんと一緒に何度か魔の森に魔物討伐をしに行った。

僕は剣術や魔法を魔物に使うことに慣れてきて、解体も数をこなすことでだいぶうまくなっていった。

「クリフくんも魔物の討伐に慣れてきたな〜。浅い所だったら何も問題ないようだな。でも奥はまだ危ないぞ。俺たちだって手が出ない魔物なんかもいるしな」

初めての魔物討伐の時と違って、雑談しながらでも『気配察知』を使い、周囲の警戒は常にできるようになっていた。

そうやっていつものように雑談しながら魔の森を探索していると――――

「キャー！　助けて～！」

森の奥から女性の悲鳴が聞こえた。

おっ!!　これはもしかして定番の!?　王女様か？　貴族令嬢か？　宿屋の娘か？　なんにせよ女性の悲鳴だ。助けに行かないと。

僕はテンプレ展開を予感し、ローマンさんに急ぎ「先生、誰かが襲われているみたいです。助けましょう」と言うと、ダッシュで声の元へ走った。


すると――――オーク二体に襲われている冒険者っぽい人たちがいた。

剣を持っている男性がオークと対峙《たいじ》しているが、傷だらけだ。

男性のそばには女性が二人倒れていた。さっきの悲鳴は、どうやら倒れている女性のどちらかが叫んだみたいだ。

僕はオークに向かって魔法を使おうとしたが「待て。オーク以外に当たったら大変だ。ここで待ってろ！」と、ローマンさんがオークのそばまで一瞬でダッシュし、一体の首を切り落とした。

そして「大丈夫か。ちょっと待ってろよ」と、もう一体のオークにもすばやく剣を横なぎにし、首を落とした。

さすがAランク冒険者だな。オークが一瞬だよ。僕も魔法を使えばオークぐらいは倒せるだろうけど、周りを気にしながらだと難しいから、このあたりは経験だな。あっ、そんなことより倒れている人を助けないと。

僕は傷だらけの男性に近寄り「ケガを治しますね。『ウォーターヒール』」と唱えて、男性の傷を治した。『水魔法』は回復系の魔法も使えるみたいで、僕は『回復魔法』を取得していた。

倒れている女性二人には、スノーさんが『回復魔法』をかけている。

何度か『回復魔法』をかけると、男性は元気になった。女性の方も生気を取り戻した。

「「「助けていただき、ありがとうございます」」」

三人は一斉に感謝の言葉を口にした……ローマンさんに!!

そうだよな。イケメンで強いし、どう考えたってあこがれるよな。

三人は目をキラキラさせていた。

「あぁ。間一髪で間に合ってよかったよ。それよりも君たちはどうしてこんな場所にいるんだ？見たところ、駆け出しの冒険者ってところか？」

「はい。一カ月前に冒険者登録しました。村の仲間でパーティーを組んで、今日は魔の森に魔物の討伐に来たんですが、奥に入ったらいきなりオークに襲われて。逃げようと思ったけどうまく逃げられなかったんです」

男性が代表して状況を語っていた。

「駆け出しは森の奥には行ったらいけないとギルドで言われなかったか？　今回は俺たちがたまたま悲鳴を聞いて駆けつけたからよかったものの、運が悪ければ死んでたぜ。これに懲《こ》りたらギルドの言うことはちゃんと聞いて行動するんだな」

ローマンさんはビシッと駆け出し冒険者パーティーに注意した。

「「「はい。すいませんでした。今後は気をつけます」」」

三人は泣きそうになりながら、謝った。

は〜。無事助かったのはよかったけど、テンプレみたいに華麗《かれい》に助けて、惚《ほ》れられるって意外に難しいな。僕一人ならうまく助けられたかどうかもわからないし、その後の対応次第でハーレムになるかどうかも変わってくるだろうけど、うまく対応できる自信がないな〜。

「キャー」はハーレムルートに突入のサインかと思ったが、僕にはまだ経験が足りないようだ。

第11話　魔法がイメージなら空も飛べるはず

あれからさらに二年が経ち、僕は今、領都を出て東にある岩場に来ている。

魔の森での魔物狩りを順調にこなしていた僕は、七歳になると基本学校に通い始めた。基本学校と言っても、前世の小学校みたいなもので、授業では先生が文字の読み書きを教えたり、算数を教えたり、身体の動かし方（体術とか剣術とか魔法の簡単なモノ）を教えるぐらいだ。

基本学校がこんなに暇な所だとは思わなかったな。何せ学ぶことが何一つないんだからな～。

そう。読み書きは既に家庭教師に習っており、文字さえ覚えれば、前世の記憶がある僕には国語も算数も小学校レベルでは簡単すぎた。さらに「神童」と呼ばれるほどの能力を持っているので、体術も剣術も魔法も周りとレベルが違いすぎて、授業は常に意識して大人しくしている状況だった。

学校終わりや休みの日は一人で出歩くようになり、今日は岩場で新しい魔法を開発しようと思っていた。

「よし。ここなら魔法を使っても周りに迷惑はかからないし、色々練習できそうだな」

僕は周りに誰もいないことを確認して「まずはステータスオープン」と唱えた。

【名　前】クリフ・ボールド
【年　齢】8歳
【種　族】人族
【身　分】辺境伯家次男
【性　別】男
【属　性】火・水・風・土・光・闇・時・空間
【加　護】創生神の加護・魔法神の加護・剣神の加護・武神の加護
【称　号】(転生者)・神童
【レベル】10

【ＨＰ】７０００
【ＭＰ】１５０００
【体力】７００
【筋力】３２０
【敏捷】３５０
【知力】１５００
【魔力】１００００
【スキル】鑑定・アイテムボックス・全魔法適性・身体強化
無詠唱・気配察知・消費ＭＰ軽減・隠蔽・複合魔法
火魔法ＬＶ６・水魔法ＬＶ６・風魔法ＬＶ６・土魔法ＬＶ６
光魔法ＬＶ７・闇魔法ＬＶ３・時魔法ＬＶ２・空間魔法ＬＶ２
剣術Ｓ・片手剣ＬＶ７・短剣ＬＶ５

二年の間にステータスが大きく伸びていた。もはやAランク冒険者並みである。まだ魔の森の奥に一人で行くことはないが、一人でも十分チートできるようになっていた。

能力は順調に上がっている。あとは魔法だな。色々魔法を覚えたけど、『飛行魔法』とか『転移魔法』も使ってみたい。移動の魔法を覚えたら、休みの日に色々な所に行くことができるから、行動範囲が広がるよね。

「今日は『飛行魔法』を試してみるか。たぶん『風魔法』でいけるよな？」

僕は足の下に風をイメージして浮くところから始めてみた。

「よし。ちゃんと宙に浮いているな。イメージとしては足から風を放出して空を飛ぶ感じだよな。落ちないように身体から下に風を吹かせてっと」

僕は前世で空を飛んだことは当然ないが、漫画で空を飛ぶヒーローは数多く見てきたし、飛行機などの空を飛ぶ乗り物も多数知っている。前世の記憶からイメージしてみた。

「よし。まだ安定しないけど魔法で空を飛ぶことはできそうだ」

今はゆっくりと宙を浮きながら移動している感じで、バランスが取れないとすぐに失敗してしまうが、方向性としては合っている気がしたのでこのまま飛行の練習をした。


三時間ほど練習すると、バランスを取りながら空を飛ぶことができた。

まだまだスピードを出すのは怖いが、練習を積めば高速で移動できそうだ。

空を飛ぶことはできたな。あっ、でもこの世界って、空を飛ぶ人っているんだろうか？『風魔法』を使える人は飛べるだろうから、全くのゼロってことはないだろうけど……。

その時の僕はまだ知らなかった。この世界で『飛行魔法』を使える人はあまりいないことを。それこそ賢者とか大魔導士とか呼ばれる人ぐらいしか使うことはできないことを。

「まあ、しばらくは練習あるのみだな。使えるようになったら週末の休みを使って別の街とかに行ってみたいし、『転移魔法』を覚えたら一瞬で戻ってこられるから、バレずに色んな所に行けるんだけどな～」

前世でファンタジー小説を読みあさっていた僕は、やりたいこと、ほしいモノが次から次へと現れるので、できることを一つひとつ確実に覚えて実践していこうと思った。


そうやって考えながら『飛行魔法』の練習をしていると、遠くで何かが起こっていることに気づいた。

『気配察知』もこの二年で慣れてきて、普段から気配に敏感になっていた僕は、森の中で不穏《ふおん》な気配を察知した。これは……リースと誰かが大勢に囲まれている？　盗賊かな？

リースは僕が二歳の時にスノーさんからもらった、小さなキツネのような小動物のフェネックだ。

兄様や姉様が基本学校に行ってからもずっと一緒にいる僕の相棒だ。

普段は屋敷にいるが、僕の『気配察知』でリースの場所が常にわかるようになってからは、外に出る時も一緒だった。元々自然の中で生活していたリースにとって外出はうれしいみたいで、外に出ると僕の手から離れ、好きに動き回っていた。

ちょっと前の僕なら、「テンプレだ～。ハーレムルート突入だ～」と、目をキラキラさせながら現場に向かっていただろう。しかし、この一年間でそんなに都合よくテンプレ展開は起きないと気づき、妄想は自粛し、『飛行魔法』の練習を兼ねて空を飛んでそちらに向かった。

近づいていくと案の定……「キャー!!」という声が聞こえたので、急ぎリースの元へ向かった。

すると、水色のドレスを着た少女がリースを抱きかかえており、盗賊と思われる男が五人、その少女を取り囲んでいた。

☆

時は少し遡《さかのぼ》る。

王都サリマンから、領都ボールドへ一台の馬車が向かっていた。豪華な装飾の馬車に、それを守る大勢の騎士。とても偉い人が乗っているであろうことが一目でわかる。

それもそうだろう。ボールドへと向かっていたのは、サリマン王国の王だったからだ。王は久々に友人のアレクに会うために、ボールドへと向かっていた。

普段なら王と護衛騎士のみで向かうところだが、今回は一人の少女も一緒に馬車に乗っていた。その少女は、王である父親に無理を言ってついてきていた。その少女の名はセリーヌ・サリマン。サリマン王国の王女だった。

初めての外出にウキウキだったセリーヌは、街道での休憩中に綺麗な花畑を見つけ、護衛に馬車から出ることを伝えると、花畑で花を摘んでいた。

そこまでなら何も問題なかったのだが、花を摘んでいると目の前にかわいらしいキツネのような、リスのような小動物が現れた。

そう、クリフの相棒のリースだ。

リースは少女を見つめていたが、その場から移動した。だが……そのかわいい姿に心を奪われたセリーヌは、そのままリースを追いかけてしまった。

普通なら、護衛騎士に止められているところだろう。だが、不思議なことに、セリーヌが花畑からいなくなっていることに誰も気づかなかった。それはまるで、ラノベでよくあるような主人公とヒロインの定番の出会い方に導かれているかのようだった。

リースを追いかけていくセリーヌ。しばらく歩くと、広場の真ん中で立ち止まっているのを見つけ、セリーヌは恐る恐るリースに近づく。

リースが振り返りセリーヌに気づくと、リースは逃げることなく、セリーヌに近づき、いつもクリフにしているようにセリーヌの肩に乗り、顔をペロペロと舐め始めた。

そんなリースを優しくなでていたセリーヌは、ふと、自分がいつの間にか、馬車から離れていてどこにいるのかわからないことに気づいた。

慌ててリースを抱きかかえ、どうしようか迷っていると、森の中から小汚い恰好をした男が五人、近づいてきた。ニヤニヤしながら近づいてくる小汚い男たちを見たセリーヌは声を上げ、顔面蒼白《そうはく》になりぶるぶる震えて動けなかった。

絶体絶命……と思っていると、空から金髪の少年が下りてきた。

そう、リースの気配と声を元に、到着したクリフだ。

☆

「大丈夫ですか？」

僕は少女のそばに下り、優しく声をかけた。そして、どこからどう見ても五人が少女を襲う盗賊に見えたので、何も聞かずに、『ファイヤーボール』を放った。

「もう大丈夫ですよ。危なそうな連中はみんな倒しましたから」

少女はまだぶるぶると震えていた。少女に抱きかかえられているリースが、少女の手から肩に移動し、ペロペロと彼女の頬を舐めていた。まるで、危険は去ったから大丈夫だよ、と言っているようだった。

僕は彼女を安心させるために『ウォーターヒール』をかけた。暖かい光が少女を包み込んだ。気持ちを落ち着かせる魔法を使えればよかったのだが、僕はそんな魔法をまだ覚えていなかった。とりあえず『ウォーターヒール』かけとけ、という理由で使ったのだが、結果オーライ。少女の震えは収まっていた。

リースは少女の元を離れ、僕の元へ移動し、定位置の肩に上る。

「リース。大丈夫だったか？　それに……あの少女は？」

すると――――

「セリーヌ様ー!!」という声とともに、鎧を着た騎士が六人広場に入ってきて、少女の元へ向かった。

「セリーヌ様！　ご無事ですか？　いつの間にこんな所に。そしてこれは……」

「あの方が私を助けてくれたんです。あの方が来てくれなかったら……」

僕は騎士たちと少女を遠目に見ながら、盗賊が起きると危ないので、一人ひとり縛っていった。

すると、一人の騎士が僕の所まで歩いてきて言った。

「ありがとう少年。君のおかげで助かった。もしよければ我々の馬車まで来てもらえないだろうか？」

僕は騎士の言葉にうなずき、馬車へと向かった。


「セリーヌ!!」

「お父様!!」

よかったよかった。感動の再会だな。助けられてよかったよ。

そんなことを考えながら、僕は二人を見つめる。僕は、感動の再会に目が行っていたので、豪華な馬車も、そして「お父様」と呼ばれた人がとても豪華な服を着ていたことも、騎士が何人も護衛をしていることも、頭から抜けていた。

すると、「お父様」と呼ばれた人が僕の所まで歩いてきて「ありがとう少年。君が来てくれなかったら、娘は最悪死んでいたかもしれない」とお礼を口にした。

すると、「陛下。軽々しくお礼を口にしてはいけません。ましてやこの者の素性《すじょう》がわかりませんので、むやみに近づいてはいけません」と騎士から声がかかった。

陛下⁉　ってことは王様なの？　この人。なんでこんな所にいるの？　えっっ、ということは……もしやこれはあの展開⁉　ハーレムルート突入か。

と、驚きと期待を胸に想像を膨らませていると、「馬鹿者。助けられたらお礼をするのは人として当然のことじゃ。そこに貴族も平民もない」と、王様は騎士を注意し、僕の方に近づいてきた。

僕はハッとして、片膝をついた。礼儀は基本学校で少し習っていたので、「ご無事で何よりです。僕は近くで誰かが襲われている気配を察知したので、助けただけでございます」と慣れない敬語を使い、丁寧に話した。

「楽にしてよい。お主は娘の命を救ったのじゃからな」

王様かっけ〜。この国の王様が傲慢《ごうまん》じゃなくて理解のある人でよかった。異世界なら傲慢な王様とか王子様とか貴族も多くいるからな。

そして、一緒にいた美少女が目をキラキラさせて僕にお礼を言ってきた。

「助けていただき、ありがとうございます。盗賊を一瞬で倒すなんて、すごい強いのですね。まだ私と同じぐらいの年なのに」

「いえ。日頃から鍛えておりますので、これぐらいは当然です。それよりもケガはありませんか？」

僕はキリッと、自分がかっこいいと思っている決め顔で答えた。

「かっこいい……」

「えっ、なんて？」

「いえ。なんでもありませんわ」

二人のやり取りを見た王様が、「ゴホンッ。君は冒険者なのかね？　年齢的にはまだ登録できるようには見えないが……それにしては相当強いようだが？」と尋ねた。

「申し遅れました。辺境伯家が次男のクリフ・ボールドと申します。魔の森の魔物を抑えるために父の指導の下、日々鍛錬を行っておりますので、腕には多少覚えがございます」

「おお～。そなたがアレクの息子のクリフか。さすが神童と呼ばれているだけはあるな。ちょうどわしらはアレクに会いに行くところだったのじゃ。娘のセリーヌとともにな」

どうやら王様は父様に会いに来たようだ。そういえば、一緒にパーティーを組んでドラゴンを退治したって言ってたな。王様と父様は仲がいいのかもしれないな。

そんなことを考えていると、「お父様、でしたら同じ馬車で辺境伯領までご一緒してはいかがでしょうか。私もクリフ様とお話ししてみたいです」と、セリーヌ様がぐいぐいきた。

どうしよう……これは乗るべきか。それとも断るべきか……。

ハーレムルート突入とは言いつつ、前世でそれほど女性経験のなかった僕は、どうすればいいかわからなかった。すると王様が言った。

「そうじゃのう。どうじゃ、クリフくん。アレクの所まで案内してくれんか」

「もちろんでございます。恐縮でしゅがご一緒させていただきましゅ」

盛大に噛んだ。

だって偉い人って緊張するじゃん。今八歳だし、前世でも経験ないし、どうしろって言うんだ。

理想と現実の違いを知って、混乱しながらも流れに身を任せ、僕は馬車に乗り込んだ。

☆

馬車に乗り込んだはいいが、どこに座っていいかわからずにオロオロしていると、乗ってきた王様が座り、続いて入ってきたセリーヌ様が僕の手を取って王様の前に座らせてくれた。そしてセリーヌ様は僕の隣に座った。

「改めて先ほどはありがとう。おかげで助かったよ」

「いえ。陛下の馬車とは知らなかったですが、お役に立ててよかったです」

「クリフ様は『火魔法』に『回復魔法』も使ってましたが、魔法使いなんですか？」

セリーヌ様が色々質問してきたので、僕は「魔法も使えますが、剣も使います。魔法剣士ってところですかね」と、魔法剣士って言いたかったのでそう答えてみた。異世界といえば、剣と魔法を使う魔法剣士が定番であこがれるよね。

「うぬ。アレクの剣の才能とミレイの魔法の才能を受け継いだというわけじゃな」

「陛下は父と母をご存じなのですか？」

「よく知ってるぞ。なんせ、わしと妻のマリアとアレクとミレイで冒険者パーティーを組んでいたからな。あの頃はわしとアレクが前衛で、マリアとミレイが後衛を担って色々な魔物を討伐したり、ダンジョンを踏破したりしたもんじゃ」

「アレク様たちは、お父様とお母様と冒険者パーティーを組んでいたんですか？」

セリーヌ様は知らなかったみたいで、話にぐいぐい絡んできた。

王妃様はマリアっていうのか。後衛ってことは魔法使いか回復系、弓使いって可能性もあるか。


三時間ほど馬車に揺られてると、お尻が痛くなってきた。

これが馬車の試練か〜。テンプレなら、衝撃を吸収するモノを作って馬車を改良したりするんだが、サスペンションだっけ？　知識がない僕にはできないな。異世界に転生できるなら、マヨネーズの作り方とか石鹸《せっけん》の作り方なんかを覚えておけばよかった。でも、誰が異世界に行けるから覚えておこうって思うんだ、って話だよな。僕は内政チートは早々に諦めた。

そんなことを考えていると屋敷に近づいてきたので、「陛下。先に降りて父に伝えてきます」と言って、ダッシュで屋敷に入った。


「父様、父様」と父様を探しながら屋敷を走っていると、書斎に父様を見つけた。

「クリフ、どうしたんだ。そんなに慌てて」

「父様、陛下がこの屋敷に来られました」

僕はうまく伝えることができなかったので、事実を簡潔に伝えた。

「何!?　陛下が？　ここにか？」

父様は驚きながら僕に聞き返してきた。

「はい。街の外の広場で盗賊に襲われていました。助けたところ、ここへ向かっていると言ってましたので、馬車でご一緒してここまで案内しました」

「何⁉　盗賊に襲われた⁉　お前は無事なの……まあ大丈夫そうだな。わかった、すぐに出迎える」

父様はそう言って急いで玄関に走っていった。


玄関を開けると、ちょうど先ほどの豪華な馬車が到着していた。

馬車から王様が降りてきて言った。

「アレク、久しぶりじゃな」

「陛下、お久しぶりでございます。お元気そうで何よりです」

「アレク、ここは公式の場所ではない。もっと気軽に頼む」

「わかったよ。マテウス。久しぶりだな」

父様と王様が仲良く話している。

するとセリーヌ様も挨拶した。

「アレク様、初めまして。セリーヌと申します」

「セリーヌちゃんも初めてだな。まあ家に上がってくれ。ミレイも呼んでくるから」

リビングにみんなが集まった。ちなみに、兄様と姉様は王都の高等学校に行っているので、辺境伯領にはいない。

王様と父様と母様が楽しそうに話しているので、僕とセリーヌ様は話を聞いていた。

すると、父様が「クリフ、俺たちはこのまま話すから、セリーヌちゃんと部屋で遊んできたらいいよ」と爆弾発言をした。

「えっ」

僕は固まった。

だが、セリーヌ様は「はい。クリフ様行きましょう」と僕の手を取って席を立った。


二人で僕の部屋に入って、お互いにまずは自己紹介をした。

「改めて僕はクリフ・ボールドです。辺境伯家の次男で八歳です。兄と姉がいるんですが、二人は十一歳なので王都の高等学校に行ってます」

かわいい女の子と二人きりで話す経験がそんなにない僕は、当たり障りのないところから攻めてみた。

「私は、セリーヌ・サリマンです。クリフ様と同じ八歳ですわ。私も兄と姉がいるんですが、同じようにどちらも今は高等学校に通っています。今回、お父様に無理を言って連れてきてもらったんです。王都から出たことがなくて、外の街に興味がありましたから」

その後もセリーヌ様は色々話してくれたが、緊張していた僕は、内容もあまり覚えていないし、「うん」とか「そうなんだ」みたいなそっけない返事ばかりしていた。

異世界ハーレムって難しいな。こんな感じじゃセリーヌ様にも幻滅《げんめつ》されたかも。でも緊張で何を話したらいいかわからないんだよな～。

ぎこちない会話が続いたり、沈黙が続いたりと時間がとても長く感じたが、母様が呼びに来てくれて二人の時間は終了を迎えた。

とりあえず助かった。このままだったらマイナスポイントが増え続けてたからな。これからちゃんと挽回《ばんかい》しないと。

ハーレムは築きたいが、その道は遠く険しいことを現実問題として知った僕は、落ち込んだとともに、今後女性とのコミュニケーションを本気でがんばろうと思った。

☆

クリフがセリーヌと二人で盛り上がらない話をしていたその頃、リビングでは王であるマテウス、アレク、ミレイの三人が極秘の話をしていた。

「それで、マテウス。子どもを追い払ってまでなんの話があるんだ？　わざわざ辺境伯領まで来るほどのことなのか？」

アレクは何か重要な話があると気づき、マテウスに話しかけた。

「辺境伯領に来たのは、魔の森の状況を聞いて、直接見るためじゃ。アレクも知っているじゃろうが、勇者が帝国に誕生したということは、魔王が現れたのと同義じゃ。帝国に勇者が現れてから三年経つ。その間に何か魔の森に異変があったか、直接見に来たのじゃ」

帝国の鑑定の儀で、三年前に「勇者」の称号を持つ者が現れた。言い伝えでは、勇者が現れるのは魔王が世界を恐怖に陥《おとし》れようとしていて、それに対抗するためとあった。

「なるほどな。魔国の状況ということだな。今はまだ魔の森におかしなところはないな。俺たちも三年前から警戒しているが、魔族が攻めてきたとか、この辺りを偵察しているとか、魔の森をうろついているとかは聞いたことがないな。そんなのは定期報告で、マテウスも知ってるだろ？」

アレクは定期的に王都に向かい、マテウスに状況を報告していたので不思議に思って聞いた。

「まあそうなんじゃが……それ以外にもわしがゆっくり休養を取りたいというのと、神童のクリフくんを見てみたかったというのもあってな」

「クリフをか？　なんでまたマテウスが？」

「わしの娘のセリーヌもそうなんじゃが、勇者や聖国の聖女も今は八歳になっておる。その他にも賢者や剣聖など、この年代に逸材が多くそろっておるのでな。神童と呼ばれる者を見ておきたかったというところじゃ」

「なるほどな。たしかにクリフは八歳とは思えないほど、考えもしっかりしてるし落ち着いている。そして何より強い。俺も油断したら負けるかもしれないレベルだ」

アレクは自分の力とクリフの力を冷静に分析した。

「そうじゃろうな。八歳であの数の盗賊を倒せるのは異常だ。だが先ほど話してみて、わしは安心した。セリーヌも怖がっておらん。むしろ好んでいるぐらいじゃ。ちょっと心配があったのだ。というのも勇者の噂によくないモノが多い」

五歳で勇者の称号を得た男は、世間からの評判が悪かった。態度が悪くプライドが高い、よくいる悪徳貴族のような感じだった。

「ああ、俺のところにも勇者のよくない噂は流れてきてるな。心配にはなるが、まだ子どもだろ。考えすぎなんじゃないか？」

「そうかもしれん。が、帝国が勇者を使って王国を攻めてくることもありえないことではない。西から魔族に攻められ、南から帝国に攻められてみろ。さすがに王国も持ちこたえられんじゃろ」

「まあたしかに一気に二か所から攻められたらやばいよな。聖国はどうなんだ？」

「あそこの教皇は頭がいいし、平和主義者だ。こちらに味方してくれる可能性はあるが、攻め入ろうとはしないじゃろ」

「まあそうだろうな。聖女は周りからの評判もいいし、聖国は問題ないだろうな。だがまだ魔族も帝国もすぐには攻めてこないだろ？　勇者だって八歳だし。それよりも国内を安定させる方が先じゃないのか？」

アレクがそうマテウスに問いかけると、ミレイが答えた。

「たしかに国内の安定は最重要よね。マリアとは手紙のやり取りをしてるけど、貴族同士のいざこざが絶えないって、よく愚痴《ぐち》ってるわよ」

ミレイは王妃のマリアと度々手紙でやり取りをしている。

「たしかにな。この辺はわしががんばるしかないが、息子のリッキーも高等学校を卒業したら政務を行っていくからなんとかなるだろう、としか言えないな」

「そういえば、リッキー殿下は十一歳で今年から高等学校だったよな。うちのアーサーやミリアと同じだから仲良くやってくれるといいんだがな」

王国の第一王子のリッキーと、辺境伯家の長男アーサー、長女ミリアは十一歳から高等学校に通っている同級生だ。

そんな話をしたのちに「で、マテウスはどれぐらい滞在するんだ？」とアレクが王一行の予定を聞いた。

「セリーヌに街を見せたり、魔の森を見たり、ゆっくりしたいから一週間ほど滞在する予定じゃ」

「わかった。マテウスもセリーヌちゃんも騎士たちもここに泊まっていけばいい。クリフにとってもセリーヌちゃんが友達になってくれればうれしい限りだ」

「じゃあそろそろいい時間だし、みんなで食事にしましょう。私が呼んでくるわね」

ミレイがそう言い、クリフたちを呼びに行った。

第12話　セリーヌ様に爪痕《つめあと》は残せたよね？

王様とセリーヌ様が辺境伯領に来て一週間が経った。

王様は父様や母様とともに出かけることが多く、僕は専《もっぱ》らセリーヌ様と一緒にいた。

ある時は庭で魔法を見せた。

「クリフ様、魔法を見せてほしいですわ」とセリーヌ様に言われ、庭で渾身《こんしん》の魔法を見せた。

「『ファイヤーバード』」

簡単に言うと鳥の形をした炎だ。それを上空に放つ。

魔法はイメージだからな。『ファイヤーボール』の形を変えるイメージをしてたらできるようになったんだよな。

「綺麗～。クリフ様はすごい魔法使いなんですね」

セリーヌ様がはしゃぎながら褒めてくれた。

僕はうれしくなり、『水魔法』で周囲にシャボン玉を作っては「綺麗です～」とセリーヌ様に感動され、『風魔法』で空を飛んでみては「すごい。クリフ様は空も飛べるんですね」と驚かれた。

「セリーヌ様も空を飛んでみますか？　僕もまだあんまりうまくは飛べませんが、少しぐらいでしたら一緒に飛べると思いますよ」

「本当ですか!?　ぜひお願いします」

セリーヌ様が駆け寄ってきて僕の手を握ったので、僕はセリーヌ様をお姫様抱っこし、バランスを取りながら空を飛んだ。

落ちると大変なことになるので、スピードはゆっくりだ。

それで庭を何周かしただけだが、「空を飛ぶなんて夢みたいです。私、一度でいいから空を飛んでみたかったんですの。クリフ様のおかげで夢が叶いました」とかわいい夢を語ったセリーヌ様は、とても満足してくれたようだった。

けっこう好感度を上げられた気がする。


また、ある時は一緒に街を散策した。

父様にお小遣いももらったし、今日はアクセサリーとか買ってあげたいな。

「クリフ様、あれはなんですの?」

串焼きの屋台を指さして聞いてくるセリーヌ様に、僕は答えた。

「あれは屋台っていって、食べ物を売ってる店ですよ。ちょうどいいから二人分買いましょう」

僕はそう言って串焼きを二本買い、セリーヌ様に手渡した。

セリーヌ様はどうやって食べたらいいかわからないらしく、串焼きを握ったまま固まっていたので、「こうやって食べるんですよ」と僕は豪快に串焼きを食べて見せた。

セリーヌ様は驚きながらも、僕と同じように串焼きを食べた。

「はむっ。……ん~、おいしいです」

かわいい!! よし、これはいい雰囲気だぞ。

セリーヌ様との会話にもだいぶ慣れてきたので、僕は「セリーヌ様、今度は屋台以外も見てみましょう」とセリーヌ様の手を取って、露店を回った。

セリーヌ様の目が留まったっぽい所で足を止めてみると、アクセサリーを並べている露店だった。

アクセサリーを眺めていると、「おっ、かわいい坊主と嬢ちゃんだね。何か気になるモノがあるかい？」と人なつっこそうなお店のおじさんが声をかけてきた。

「色んなアクセサリーがあって、どれもキラキラしていて素敵です」

セリーヌ様がアクセサリーに感動している。

おっ！　この髪留めとか似合いそうだな。僕は気になるモノを見つけたので、セリーヌ様にプレゼントしようと思った。

「この髪留めをください」

「おっ。ありがとよ坊主。ほらっ」

おじさんから髪留めを受け取った僕は、それをセリーヌ様にプレゼントした。

「セリーヌ様、似合いそうな髪留めがありましたので、買ってみました。受け取ってくれますか？」

すると「私にですか!?　うれしいです。つけてみていいですか？」と喜んで髪留めをつけてくれた。

プレゼントも喜んでもらえたし、好感度もだいぶ上がったはずだ。この行動はハーレムルート突入を意識していたのでかなり露骨ではあったが、成功したみたいでよかった。

☆

そして、王様とセリーヌ様が王都に帰ることになった時、セリーヌ様は僕があげた髪留めを握って、「クリフ様、この度はありがとうございました。とても楽しく過ごすことができました。会えなくなるのはさみしいです。リースともせっかく仲良くなれたのに……」と、しょんぼりして言った。

そう。セリーヌ様と仲良くなれた一番のポイントは、庭で魔法を見せたことでも、街で買い物したことでもなく、リースがいたことだった。初日に僕の部屋に入った時は、お互いしゃべることも少なくてぎこちない感じだったが、ふとリースが部屋に現れて、セリーヌ様に飛びついたのだ。

驚くセリーヌ様だったが、リースとの再会に喜び、両手を広げて近づくと、そのままリースを抱き上げた。リースはペロペロと彼女の顔を舐め、再会を喜んでいるようだった。

リースのおかげで、僕とセリーヌ様の距離は一気に縮まり、セリーヌ様は一日中リースを抱いてもふもふしていた。庭で魔法を見せている時も、街で買い物している時もだ。

そんなリースと別れるのが辛いのだろう。セリーヌ様は泣き出してしまった。

「セリーヌ様。僕も会えなくなるのはさみしいですが、十一歳になったら高等学校へ入るために王都へ行きます。その時はまた会えると思いますので、それまでに魔法も剣術ももっとがんばります。もちろんリースにも会えますよ」

僕はかっこよく別れの挨拶をした。

よし。噛まずにうまく言えたし、この一週間で慣れたから緊張せずに言えたぞ。

だが、セリーヌ様は僕よりもリースとの別れを惜しんでいるようだった。ギリギリまで、耳や尻尾をもふもふし、リースはセリーヌ様の顔を何度も舐めていた。

「クリフはセリーヌちゃんとだいぶ仲良くなったみたいだな～。たしかに高等学校では同じ学年だからな。まあ試験もクリフなら問題ないと思うから、それまでは我慢だな」

「セリーヌもクリフくんと友達になれてよかったみたいじゃ。クリフくん、王都に来た時はセリーヌに会いに来てくれよ」と王様からも言われた。

そして王様とセリーヌ様は王都へと帰っていった。

こうして僕のハーレムルートを目指す幼少期は、無事終わりを迎えたのだった……。

第2章　高等学校入学編　チート＆ハーレムの準備はできた!?

第13話　高等学校への入学前にチート確認

王女セリーヌ様との出会いから、早三年が経った。僕は十一歳になり、高等学校へ入学するために王都へ向かっていた。

セリーヌ様に出会ってからの僕は努力を続けて、チートっぷりに拍車がかかっていた。ようやく高等学校への入学だな。ここまで長かったけど、納得行くぐらいには魔法を覚えられたから、大満足だな。やっぱりあの時にセリーヌ様に会えたのはよかった。あそこで会えなかったらここまでがんばれてなかったな。

セリーヌ様と出会った時、「異世界でハーレムルート突入、人生ウハウハだ」と思っていた僕だったが、理想と現実は違って思うように対応できなかったことについて後悔していた。どんなことがあってもなんとかできるようにチートを磨こうと思って努力した結果、様々な魔法やスキルを取得した。例えばこんな感じだ。

『転移魔法』…………一度行った所に行くことができる。

『火魔法最上級インフェルノ』……巨大な炎が出る最上級の火魔法。

『治癒魔法』…………自分や他人の状態異常や部位欠損を治すことができる。

『雷魔法』……………雷を操り様々なことができるが、身体への負担が大きい。

『状態異常無効』……毒や麻痺《まひ》、魅了などの状態異常にかからない。

『全武器適性』………弓や短剣、槍《やり》などあらゆる武器を扱える。


『転移魔法』を取得するために、一日中、「えいっ」とか「やあ」とか言いながら、ピンクのドアで好きな場所に行けるキャラクターを思い出したり、人差し指と中指を額につけて瞬間移動をする戦闘民族を思い出したりしながら瞬間移動するイメージを何カ月も続けていたら、使えるようになった。

初めは目の前にしか移動できなかったが、使えるようになった後に何度も何度も何度も繰り返すと距離が伸びていき、最終的には行ったことのある場所へは一瞬で転移できるようになった。イメージと努力、『空間魔法』のレベルが上がったことが大きな要因だと思う。

魔法のレベルが大幅に上がり、四大属性は最上級レベルの魔法が使えるようになった。

『火魔法』最上級の『インフェルノ』を使った時は、大きな音と巨大な炎が出て焦ったものだ。さすがに最上級魔法は使う場所を選ばないといけないよな〜。敵だけじゃなくて味方も巻き込む可能性があるしな。

『治癒魔法』も状態異常を治す魔法『パーフェクトキュアー』、部位欠損を治すことができる『パーフェクトヒール』を使うことができるようになった。

部位欠損を治す魔法を使うことを僕は熱望していた。なぜなら、奴隷の部位欠損を治して神のように思われる小説の展開がとても好きだったからだ。

『パーフェクトヒール』を覚えた時はかなり命がけだったよな。イメージはあるけど、さすがに自分の指を切って治す、っていうのは我ながら今考えるとバカだよな〜。そう、僕は『パーフェクトヒール』を取得するため、自分の指を切り落として自分に『ウォーターヒール』を使った。もしうまく発動しなかったら、指は今もなかったままだ。なかなか実践に移せなかったから、レベルを上げて最近ようやく取得できたんだよな〜。そうやって『ウォーターヒール』を繰り返し使っているうちに、回復に特化した『治癒魔法』を得ることができた。

それと比べたら『雷魔法』はけっこう簡単に取得できたな。身体への負担がきついけど……。

そうなのだ。異世界で主人公や異世界人が使う定番魔法の『雷魔法』も覚えた。雷を全身にまとって移動速度を速くする『身体強化・雷』、敵に空から雷を落とす『イカズチ』、そして手から一直線に敵に雷を放出する『ライトニング』だ。

どれも強力な魔法で、特に『身体強化・雷』は長時間使用できない。身体への負担が大きく、使用した後は身体が動かなくなるほどだからだ。

初めて『身体強化・雷』を覚えた時に調子に乗ってずっと使っていて、急に身体が動かなくなった時はかなり焦った。あの時魔物に襲われていたら、命はなかっただろう……。

『状態異常無効』の時も苦労したよな。『状態異常無効』は魔法ではなくてスキルなので、取得できるかは半信半疑だったが、毒草を飲んでは『治癒魔法』で回復する、を繰り返した。

初めはとても辛くて本当にこんなんで『状態異常耐性』が上がるのかと思ったが、一年ほど続けると、『状態異常耐性小』↓『状態異常耐性大』↓『状態異常無効』となった。毒草から猛毒草、麻痺草まで色々試したからな。やっぱり『状態異常耐性』は必須だと思ってたからよかった。自分もそうだが、他の人の状態異常も『治癒魔法』で治せるところは重要だな。洗脳とか魅了とかもあるもんな〜。

それ以外にも弓や棍棒《こんぼう》、短剣から両手剣、刀や鎖、槍や斧《おの》を使って魔の森で魔物を狩りまくっていたら、『全武器適性』も身についた。元々あった『剣術S』が進化したみたいだ。初めは武器を持って振り回すだけだったが、使ううちに自然と使い方がわかるようになった。

これは創生神様に感謝だな。きっと『創生神の加護』はそういったスキルの取得に対して大きな効果があったはず。成長率を高めるような。魔法だってイメージしたら使えるようになったしな。

創生神様ありがとう。王都に行ったら教会に行きますので。

そんなことを考えながら、王都への道を進んでいった。

☆

王都に向かう途中に盗賊に二度襲われたが、どちらも一瞬で返り討ちにした。王都は辺境伯領から東に馬車を走らせて一カ月ほどかかる距離にある。一度王都には行ったことがあるので『転移魔法』を使っていくことはできるが、『転移魔法』がこの世界でどういった扱いを受けているかわからないので、自重している。

それにしても、異世界って盗賊多いよな〜。あんまり強くもないのになんでなんだろう？

実は、この頃の僕は勘違いしていた。盗賊が多いのは間違いないが、この世界の盗賊は弱くない。商人の馬車や貴族の馬車などが度々襲われている。護衛がついている場合もあるが、盗賊の人数が多いと負ける場合もある。現に、馬車に乗っている人は盗賊が出る度に「キャー」と言っておびえているし、馬車の御者も盗賊が出る度に逃げ出そうとしていた。

そんなことも知らなかった僕は、「まあ王都に行くまで暇ですることもないから、盗賊が出ると、イベントみたいで暇つぶしにはなるか」なんて考えていた。

あっ、ステータスも確認してみるか。

「ステータスオープン」

【名　前】クリフ・ボールド
【年　齢】11歳
【種　族】人族
【身　分】辺境伯家次男

【性　別】男
【属　性】全属性
【加　護】創生神の加護・魔法神の加護・剣神の加護・武神の加護
　　　　　戦神の加護・愛情神の加護
【称　号】(転生者)・神童・大魔導士
【レベル】35
【Ｈ　Ｐ】３７０００
【Ｍ　Ｐ】１０００００
【体　力】２７００
【筋　力】２５００
【敏　捷】２５００
【知　力】３５００
【魔　力】３００００
【スキル】鑑定・アイテムボックス・全魔法適性・身体強化
　　　　　無詠唱・気配察知・消費ＭＰ軽減・隠蔽
　　　　　全武器適性・状態異常無効・転移魔法・戦闘補正Ｓ
　　　　　火魔法ＬＶ９・水魔法ＬＶ８・風魔法ＬＶ８・土魔法ＬＶ８
　　　　　光魔法ＬＶ８・闇魔法ＬＶ５・時魔法ＬＶ５・空間魔法ＬＶ６

治癒魔法LV8・雷魔法LV5
片手剣LV8・短剣LV8・両手剣LV5・弓矢LV5
槍LV5・斧LV3・鎖LV1・棍棒LV3

能力値の上昇が止まらない。

加護の数もスキルの数も上限知らずに増え続けている。この世界では大半の人間が授かる加護や属性は一つである。スキルの数も冒険者など多い者でもせいぜい十個ほどである。

属性の欄は、いつの間にか『全属性』に変わっていた。『複合魔法』のスキルは『全属性』になった時に統合されたようだ。

さすがにがんばりすぎたかな〜。神様も加護を与えすぎだよな〜。まあかなり努力したからなぁ。筋力とかはまだ十一歳だからこれからなのかもしれないけど、MPと魔力はやばいよな。魔力なんてスノーさんの十五倍ぐらいあるもんな。

Aランク冒険者のステータスを覚えているだろうか……。

ローマンさんの筋力は3000ほどあったが、レベルは45だった。それに比べて僕は、十一歳にしてレベル35で筋力は2500である。まだローマンさんに及んでないが、子どもと大人の身体を比べれば、規格外ぶりがわかるだろう。

さらにスノーさんは、レベル43で魔力2000だったのに対して、僕は30000もある。魔力やMPは、異世界では子どもの時にMP枯渇を繰り返せばMPも魔力も増えていく、という異世界テンプレを愚直に繰り返した結果だ。

しかもまだまだ成長期だ。今後もステータスは爆上がりしていくだろう……。

このステータスは自分でも異常だと思うから、学校でどうしていくかは考えていかないとな〜。

ステータスは『隠蔽』でどうにでもなるから、隠すのは隠すんだけど、どの程度隠すかだよな〜。

ステータスを隠して、そこそこできるやつを演じていくのか。それか、ステータスは隠すけど、試験から俺TUEEEEして首席を狙っていくのか。悩むな〜。どっちもありだな〜。知識はあるけど、自分が演じるとなると自信がないんだよな〜。現にハーレムも、うまく行動できなかったしなぁ〜。

まあ、目標は学校ハーレムと学校チートのチーレムだから、それを念頭に置いて行動していくしかないな。そのために今日までがんばってきたんだからな。

そんな風に高等学校での目標を再確認していると、「そこの馬車止まれ！」と三回目の盗賊が現れた。

「荷物を置いていけ。でないと命はない……」と盗賊が言い終わる前に、僕は魔法を使って盗賊を倒した。

「は〜。本当に盗賊がよく出る」

僕はイベントが起きたにもかかわらず、何度も同じことが起きるので、作業のように魔法を放って馬車に揺られていた。

そうしてようやく一カ月の長旅が終わり、王都に到着した。

馬車を降りた僕は、ぐい～と背伸びをして「よし。チーレム王に俺はなる！」と大声で叫びたかったが、恥ずかしかったので、心の中で叫んだ。

第14話　ケモ耳との出会いは異世界なら必然ですよね

辺境伯領を出発して一カ月の馬車の旅はさすがに疲れた。もちろん一カ月ずっと野宿というわけではなく、間で通った街に泊まったりはしたが、基本一日中馬車に揺られることを一カ月も続けると、肉体的にも精神的にも疲れるのはわかるだろう。

王都に着いた僕は早速宿屋を探した。アーサー兄様とミリア姉様におススメの宿を聞いていたので、迷うことなく宿屋に着くことができた。

「あった。やすらぎの里だ。すいませ～ん。泊まりたいんですが部屋は空いてますか～？」

僕は宿屋の受付に近づいて声をかけた。

すると「はい。空いてますよ」と僕よりも少し背が低い女の子が応えてくれた。

女の子……って耳!?　ケモ耳だ。獣人だ。生ケモ耳だ。感動だ。

僕は感動のあまり、声が出なかった。

女の子は首をかしげながら「？　部屋は空いてますよ。何泊ですか？」と再度聞いてきた。

僕はハッとして、「すいません。獣人の方を初めて見たので感動してしまいました。一カ月お願いできますか？」と正直に思ったことを伝えた。

「獣人を見るのが初めてなんですね。王都では結構いますよ。遠くから来たんですか？」

「はい。王都の高等学校に入るために、西のボールド辺境伯領から来ました」

「えっ、そうなんですか。私も今年、高等学校の試験を受けるんです。一緒ですね」

お〜、同級生だ。ハーレム候補だよ〜。

僕はいやらしい表情にならないように真面目な顔を意識して「では同級生ですね。僕はクリフ・ボールドと言います。お互い入学できたらよろしくお願いします」と手を差し出した。

「ボールド……貴族様ですか⁉　すいません。なれなれしく話してしまって」と手は握ってもらえず謝られた。

僕が貴族だと知って、恐縮しまくっているケモ耳っ子だったが、その時、相棒のリースがポケットから出て、受付の台に乗った。

「きゃっ‼　えっ‼　かわいい‼　私と同じ耳だ⁉」

リースのおかげで雰囲気が良くなったので、

「貴族とか気にしなくていいですよ。気軽にクリフって呼んでください。辺境にいたから友達もあまりいないんです。よかったら友達になってくれるとうれしいな」

僕はハーレムにケモ耳っ子が入る可能性を考え、爽やかに答えた。

「……クリフくん。……私はミーケです。よろしくお願いします」

リースと同じキツネ耳にミーケか……なんかミーケってネコっぽい名前だなと思ったが、気にしてるかもしれないので口には出さなかった。

「ミーケ、一カ月よろしくお願いします。そして無事、合格できたら同級生として仲良くしてください」とミーケの名前を呼び、好感度を上げようとした。

そのままミーケと談笑し、部屋の鍵を預かって部屋に入った。


そしてベッドにダイブした。

「あ～疲れた。ようやく着いたよ、王都に。ホント王都って遠いよな～。でも……ミーケかわいかったな～。ケモ耳だし同級生だし、話もできたし、やすらぎの里を勧めてくれた兄様と姉様に感謝だな」

僕は長旅で疲れていたので、その日はそのままベッドで眠った。

☆

翌日、王都の話を聞こうと僕は高等学校に足を運ぶことにした。

今日は日曜日で学校は休みのはずだから、学校の隣の学生寮に向かい、寮の管理人さんに兄様と姉様がいないか尋ねてみた。

「すいません。ここにアーサー・ボールドとミリア・ボールドっていますか？　僕の兄と姉で会いに来たんですが」

「アーサーくんとミリアちゃんの弟さんかい。たしかに似てるね。待ってよ。どっちもまだいると思うから確認してみるね」

管理人さんは、快く対応してくれた。いい人だ。


兄様と姉様はすぐに来てくれた。

「クリフ、よく来たな」

「クリフちゃん、久しぶりね」

兄様と姉様と久々に再会し、僕は学校のことや王都のことを色々聞いた。

「まあ、クリフなら学校でもうまくやると思うし、俺は何も心配してないから自由にやればいいと思う。今年は俺たちも最上級生で同じ学校にいるから、わからないことがあればなんでも聞いてくれ。試験の方は大丈夫そうか。って、聞かなくてもクリフなら大丈夫か」

「そうね。神童のクリフちゃんなら、学科も実技も問題ないと思うわ。なんと言っても既に私たちよりも強いしね。まああまり暴れすぎないようにね。多分クリフちゃんが思ってるよりも、あなたの能力って規格外だと思うわよ。だって私たちの実力って学校でもTOP5には入ってるのよ。それなのに、今年入学するのにもう私たちより強いんだから。気をつけなさいよ」

そうなのだ。兄様と姉様は、毎年一回は辺境伯領に帰ってきていた。去年ぐらいに二人と模擬戦をしたが、普通に勝ってしまった。しかもバレないように手加減してだ。

僕は苦笑いしながら、「兄様、姉様、ありがとうございます。試験の方は大丈夫だと思います。ちゃんと勉強してますし。それよりも知ってる人がいなかったので、二人がいてくれて助かります。色々教えてくれてありがとうございます。僕も楽しい学校生活を送りたいので気をつけます」と言い、三人で久しぶりに昼ごはんを一緒に食べて、僕は学校を後にした。

☆

「よし、あとは教会に行って、創生神様にお祈りして冒険者登録だな」

僕は今日の予定を確認して、教会へ向かった。

「やっぱり王都は広いな〜。場所を聞いてないと迷子になるよ」

王都は辺境伯領都ボールドの三倍以上の広さだ。人数も五倍ほどいる。さすが王国の中心である。

兄様から聞いた場所を目指して歩くこと十分。ようやく教会に着いた。

豪華な門、大きな建物は圧巻だ。

「やっぱり教会も王都はでかいな〜。本場の聖国の教会はもっとすごいんだろうか」

前世で美術にはあまり興味がなかったが、実際に間近で見る教会には感動してしまった。

「よし。早速神様にお祈りしよう」

神父やシスターが多数いる教会に足を踏み入れたが、どうしたらいいかわからなかったので、受付をしているシスターに声をかけた。

「すいません。神様にお祈りをしたいのですが、どうすればいいでしょうか？」

「はい。お祈りですね。ではここに寄付をしていただいて、奥の大広間に進んでください。そこでみんながそれぞれ神様にお祈りをしていますので、同じようにしてくだされば大丈夫ですよ」

シスターが丁寧に教えてくれたので、僕は寄付金を多めに包んで先に進んだ。

あまりお金は持ってないけど、今から冒険者登録して稼げばいいし、ここは多めに包んで印象を良くしておかないとな。

僕はまだ自分でお金を稼いだことがない。親からの小遣いや、魔物退治をした時にローマンさんたちがギルドに売った素材の一部をお金でもらったぐらいだ。あまりお金を使うことがなく、困ったこともないので、稼ぐことを積極的にはしていなかった。


大広間に足を踏み入れると、大きな創生神様の像が中心にあり、横に女性の像、逆側に男性の像がそれぞれ祀《まつ》られていた。創生神様と魔法神様と剣神様だな。メインの神様ってことかな。まあ考えても仕方ないか。

僕は神様に向かって手を合わせてお祈りをした。

すると「よく来た。クリフくん。王都に来たらきっと教会に来てくれると思っていたぞ」と予想通り創生神様に会えた。今回も他の神様たちと一緒にコタツに入っている。

「創生神様、お久しぶりです。今日からしばらく王都です。試験に合格すれば高等学校に通うようになります。寮生活にはなりますが、親元を離れて自立できるようになりましたので、挨拶しとこうと思いまして」

「そうか。そうか。こっちもクリフくんに色々話しておかないといけないことがあるから、ちょうどよかったわい。もしなかなか来なかったらこっちから出向く予定じゃったからな」

「創生神様から降りてくることもあるんですか？」

僕は創生神様の言葉に興味を引かれ、疑問に思ったことを聞いてみた。

「直接行くわけではない。聖女が使う神託《しんたく》みたいなもんじゃ。クリフくんに話があるから教会に来てくれ、とメッセージを送るような感じじゃの」

なるほど。やはり聖女には神託のスキルがあるのか。

僕は話を続けた。

「そうなんですね。それより、呼び出すほどのことって何かあったんですか」

「まあゆっくり話すから聞いておくれ」

創生神様に言われ、僕は神様たちがくつろいでいるコタツに入った。コタツには、創生神様のほかに、魔法神様、剣神様や他の神様たちが既にくつろいでいた。

鑑定の儀を受けた時も思ったが、畳にコタツにミカンにお茶でくつろぐって、神様たち、日本が好きなのかな？　元日本人の僕としては、なつかしいコタツがあったので、遠慮なく、神様たちの間に入り、ミカンを手に取っていた。

「コタツはいいじゃろ？　あれは世紀の大発明じゃな。おっと、それより今日は、クリフくんにこの世界のことを少し話しておこうと思っての。この世界に魔王がいることは知っておるか？」

「はい。帝国に勇者の称号を持った人が現れて、それは魔王が誕生したためだと家庭教師から聞いています」

「そうじゃ。魔王は邪神の眷属《けんぞく》での。邪神はこの世界を破滅させようとしておるのじゃが、神は世界で直接暴れることができん。なので、魔王を誕生させてこの世界を破滅させようとしておるのじゃ」

なるほど。よくある設定だな。魔王を倒すために勇者がいて、聖剣とか仲間を集めて勇者が魔王を討つ、と。でもそれって勇者の話だよな。僕って何か関係あるのかな？

「実は関係があるのじゃ」

どうやら創生神様は心が読めるらしい……。

「実は勇者の称号はわしが与えたんじゃが、どうやらその称号にあぐらをかいているみたいでの。このままでは魔王を倒すことはできないのでは、と危惧《きぐ》しておるのじゃ」

「どういうことでしょうか？」

「クリフくんも勇者の噂を聞いたことがないかの〜。我儘《わがまま》で強いからといって鍛錬もせず、ほしいモノは力ずくで奪い取る。たしかに勇者のステータスは高い。じゃが、努力しなければ本当に強い者には勝てん。帝国の皇帝も魔王を討ってもらわないといけないから強く出れず、最近は困っているみたいじゃ」

なるほど。よくあるダメダメ勇者ってわけね。でもそれで僕にどうしろと？　まさか、代わりに魔王を倒してくれって話なのか……たしかによくある展開だとは思うけど、僕は勇者じゃないぞ。

「ほっほっほ。クリフくんに代わりに魔王を倒してくれというわけではないんじゃ。クリフくんは自由にこの世界を楽しんでくれればよい。ただ、勇者の状況を知っておいてほしかったのじゃ。それにこのまま努力を続けていれば、クリフくんでも魔王を倒すことができる。もしこの世界が破滅しそうになったら助けてくれればいい。と、そんなお願いじゃ」

なるほど。まあこの世界というか王国が危なくなったら力を貸すとは思う。暗い世界で過ごしたくないし。明るい世界でチート&ハーレムが僕の目標だからな～。

「そうじゃろ、そうじゃろ。ただ、そのうちクリフくんも勇者と出会うことがあると思うから、十分気をつけるのじゃぞ。称号を与えたわしが言うのもなんじゃが、あやつはクソじゃ。この世界に直接干渉できたら、すぐにでも交代させたいくらいじゃ」

そんなになのか。なぜそんな人に勇者の称号を与えたんだ？　創生神様は……。

「称号を得るまではいい少年だと思っておったんじゃ。これぱっかりはわしも読めなんだ。わしのミスじゃ」

創生神様は素直に自分の非を認めた。

「わかりました。創生神様にはとても感謝していますので、できる限り努力はします」

「ありがとう、クリフくん」

創生神様にお礼を言われ、長かった話は終わった。

せっかく創生神様以外に五人も神様がいたのに一言も話せなかった……。

☆

教会での話が終わった僕は、次に冒険者ギルドを目指した。

創生神様の話は内容が濃かったな～。まさか勇者がダメ勇者とは。なんとか更生して魔王を倒してくれれば、僕は僕でチート&ハーレムの楽しい人生が歩めるんだけどな～。僕のハーレムメンバーに勇者が魅了のスキルとか使ってくる展開とかもありえるし、学校の対抗戦とかで勇者と出会って戦うとかもありがちだよな～。セリーヌ様は綺麗だから、王女様関連で勇者とぶつかるイベントとかもありえるかも。

今後起きるかもしれないイベントを想像しながら歩いていると、剣が交差している紋章が目に入った。

「あった。冒険者ギルド。思った通りの建物だ」

両開きのドアに、ちょっと古いカウボーイ映画に出てきそうな建物だ。

「よし。中に入って早速登録だ。酔っ払いとかに絡まれるかな？　今の僕なら軽くひねれるから大歓迎なんだけど……」

期待しながら中に入っていった。

ギルドの中は予想通り、左側に受付嬢が何人もいて、それぞれ冒険者と話をしている。

正面の壁には紙がたくさん貼ってある。依頼書だろう。右側はバーになっているようで、カウンターでお酒を飲んでいる人や、テーブルで談笑しながら食事をしている人もいる。

お〜。思ってた通りの内装だ。やっぱりギルドはこうじゃなくちゃな。さて、美人の受付嬢さんに突撃だ〜。

僕は美人の受付嬢を探してキョロキョロしていた。

すると、「坊主。ここは子どもの来る所じゃないぞ」と酔っ払いに絡まれてしまった。

ミスった〜。キョロキョロしてたから目についたのかな？　どうしよう……。

僕は咄嗟《とっさ》に『鑑定』をし、この人があまり強くないことを確認したが、どこまでやってしまっていいのかわからなかったから、適当にあしらうことにした。

「ギルドは十一歳から登録可能だと聞いていたので、今日は冒険者登録に来たんです」と丁寧に答えてみた。すると「お前みたいな弱そうなガキンチョが冒険者なんかできるかよ。帰ってママのおっぱいでも飲んでな」とさらに絡んできた。

ちょっとむかついた僕はスルーすることにした。

「すいません。何言ってるかわからないので、僕は登録に行きますね」と酔っ払いをかわして受付に向かった。すると、「はあ？　何言ってるかわからないって、バカにしてんのか。ガキのくせに生意気だな〜」と肩をつかんできた。

もうなるようになれだ、と思った僕は、受付嬢さんに「すいません。酔っ払いに絡まれてるんですが、ここで僕がこの人を倒したら問題になりますか」と尋ねた。

「冒険者同士のいざこざにギルドは関与いたしません。さらに先に手を出したのはあちら側なので、特に問題もありません」

受付嬢さんは、十一歳でまだまだ子どもの僕にも丁寧に答えてくれた。

「ありがとうございます。では」

僕は肩をつかまれた手を強引に引きはがし、そのまま持ち上げて振り払った。そして酔っ払いの方を向き、腹に一発グーパンを放った。その一発で酔っ払いはバーの端まで飛んでいき、壁にぶち当たった。そのまま気絶したようだ。

手加減してよかった。もっと強く殴ってたら身体を貫通する可能性もあったし。そうしたら殺してたかも。さすがに殺すとまずいよね。

僕は盗賊討伐や魔物狩りを頻繁《ひんぱん》に行っていたので、悪人への対応が少しわかるようになっていた。

「えっ、一発⁉　あの人荒くれもので有名だけど、Cランクの冒険者ですよ。あなたは一体？」

受付嬢さんが驚いているので、僕は改めて要望を伝えた。

「すいません。十一歳から冒険者登録ができるって聞いたんで、今日は来たんです」

できるだけ爽やかスマイルになるように意識した。

そして受付嬢さんの顔をよく見ると、耳が長い。そして美形。これは……エルフ⁉　初エルフだ。感動だ。エルフだ。美形だ。綺麗だ。エルフだ。

僕は興奮のあまり声が出なかった。

「ええっ。今日登録に来た新人さんですか⁉　既に冒険者の方ではなくて⁉」と受付嬢さんはビックリしている。

「そんなことよりも、お姉さんってエルフなんですか？　僕、エルフを見るのが初めてなんです。お姉さんみたいな綺麗な人、初めて見ました」と、感想と質問を上目遣いでしてみた。

すると受付嬢さんは、「お姉さん!?」と僕の言葉に反応し、笑顔になった。

「そうよ。私はエルフでエリーって言うの。ここで受付嬢をしてるからよろしくね。冒険者登録だったよね。お姉さんに任せなさい」

エリーさんは「お姉さん」のところを強調して、僕の冒険者登録を進めてくれた。


その後、順調に冒険者登録の説明が進んでいき、「はい。これが冒険者カードよ。初めはFランクからね。でもクリフくんはかなり強いみたいだから、すぐにランクが上がるかもね。だって史上最強のFランク冒険者ですもの」と言われ、カードをもらった。

そうなんだ。エリーさんの話を聞いていると、バーで気絶している酔っ払いを見ていた冒険者たちの話し声が聞こえてきた。

「あいつ。今日冒険者登録するんだろ。やばいな」

「あ〜、最強のFランクだな」

「下手に絡むとこっちがやばそうだな」

色々な声が聞こえてきていた。

僕は苦笑いをしながら、「ありがとうございます。早くランクを上げられるようにがんばります。

今日はもう遅いので、依頼を見るのは明日からにします。エリーさん、色々教えていただいてありがとうございます。これからよろしくお願いします」と元気いっぱいに挨拶した。

史上最強のFランク冒険者爆誕である。早速伝説を作ってしまったようであった。

学生寮、教会、冒険者ギルドとイベント満載の一日を過ごした僕は、宿に戻るとそのまま眠ってしまった。

第15話　情報が駄々《だだ》もれでした……

翌朝、目が覚めると、昨日のことを振り返った。

「あ～。昨日は忙しい一日だったな～。でもやっぱり王都はいいな～。だって二日間でケモ耳のミーケと、エルフのエリーさんと出会えたもんな～。さすが王都って感じだ。ミーケは宿でけっこう話してるし、学校でも仲良くしたいな。エリーさんもギルドの受付嬢なら頻繁に会うだろうし、ああいう人と付き合えたら、人生バラ色だよな～」

王都の良さを噛みしめながら、さらに妄想は加速していく。

王女のセリーヌ様だろ。獣人のミーケに、エルフのエリーさん。で、『治癒魔法』で部位欠損も治せるようになったから、奴隷を購入したら二人ぐらい増えるよな。さらに学校だったら貴族の令嬢とか、クラスメイトの女の子とか入れたら十人ぐらいのハーレムになるよな～。むふふふ。

まだ誰ともそんな関係になっていないのに、頭の中では出会った女性は全て自分のハーレムメンバーになっていた……。

「まあ奴隷もそうだけど、何をするにもお金が必要だ。今日から依頼を受けて、しばらく金策だな。まあアイテムボックスに倒した魔物がかなり入ってるから、売却すればけっこうなお金になると思うけど、いきなり全部出したら、どうしたこれ？　とか言われるだろうから少しずつやっていこう」


ギルドに行く準備をして部屋を出たところで、騎士が三人ほどいて呼びかけられた。

「おっ、君がクリフ・ボールドだな。陛下より君を呼んでくるように言われている。大人しく王城までついてこい」と、いきなり王城へ連行された。

えっっっ。王様が呼んでる？　僕を？　何かしたっけ……まさか……昨日のギルドの暴行がやばかったんじゃ……。王様は父様の知り合いでもあるし、逃げるのはまずいよな。牢屋《ろうや》とかに入れられるんだろうか……。僕は焦りながらも「えっと、僕は何かしたんでしょうか？」と聞いてみた。

「心配しなくても取って食ったりするわけじゃないよ。ただ、陛下が色々と君の話を聞きたいらしい」

捕まるわけじゃないことに安堵した。よかった～。でも王様は僕がここにいるってよくわかったよな。

☆

実は昨日クリフが帰った後のギルドでは、こんなことが起こっていた。

「エリー、あの少年はどうだった？」

「そうですね。ステータスは高かったですが、特にすごいってことはなかったですよ。たしかに加護とスキルはたくさんありましたけど。でもなんか変な感じはしました」

エルフのエリーと、ギルドマスターのヨハンはクリフについて話していた。

「でもマスターはなんでクリフくんのことを気にしてるんですか？」

「いやな。陛下より、クリフ・ボールドという少年が登録に来たら教えてくれ、と言われていてな」

「陛下がですか⁉　どうして？」

「詳しいことはわからんから気になってな。エリーは『鑑定』が使えるからそれとなく調べてもらったんだ」

クリフは『隠蔽』により、見られるとやばそうな部分は隠していたのでギルドに能力がバレることはなかった。だが、王に登録と騒動の件は伝えられていた……。

そして王はギルドからの報告を聞いて、即座にクリフが泊まっている宿を調べ上げ、翌朝に呼び出したというわけである。

☆

騎士三人に連れられて王城に来た僕は、その大きさに圧倒された。お〜、城だ。初めて見た。夢の国の豪華な城とか姫路《ひめじ》城とかは見たことあるけど、圧巻だな。

そのまま謁見《えっけん》の間に入っていく騎士たち。

「陛下、クリフ・ボールドを連れてまいりました」

「うむ。お主たちは下がっていいぞ」

王様に言われ、騎士三人は謁見の間から出ていく。王様が僕に話しかけた。

「クリフくん、久しぶりじゃな。ここでは堅苦しいから、奥で話そう。ついてこい」

王様に案内され、ついていく。

奥の部屋に入ると、セリーヌ様と、王妃様らしき、セリーヌ様と同じ銀の髪をした綺麗な女性がいた。

「クリフ様、お久しぶりです。また会えてうれしいですわ」

セリーヌ様が声を上げ近寄ってくる。

「セリーヌ様、お久しぶりです。私も再びお会いできて光栄です」

セリーヌ様、すごく綺麗になってるぞ。出るところも出て、大人っぽくなってる⁉

「クリフくん、初めまして。私はマリア・サリマン。セリーヌの母でこの国の第一王妃です。ミレイとはよく手紙をやり取りするので、初めて会うけど、クリフくんのことはよく知ってますよ」

「初めまして王妃様。お会いできて光栄です」

「それよりもクリフくん。早速ギルドでやらかしたらしいの。史上最強のFランク冒険者って呼ばれてるらしいじゃないか。神童と呼ばれたり、史上最強と呼ばれたり、クリフくんも大変じゃな」

えっっ、なんで王様が知ってるの？　昨日のことだよ。情報回るの早くない？

僕は昨日の今日でギルドのことを知っていた王様に対して、苦笑いで応えた。「色々ありまして」……と。

王様、王妃様、セリーヌ様と部屋で向き合って、昨日のギルドのことを話した。

「それはクリフ様は悪くありません。どう考えても絡んできた酔っ払いが悪いです。そんな人はお仕置きされて当然だと思いますわ」と、セリーヌ様は僕が悪くないと言ってくれた。

さすがセリーヌ様だ。しばらく会ってなかったが、同じ時間を一週間過ごして好感度はかなり上げたからな。その効果が出てるのかな。よかった。よかった。

「陛下、僕は昨日のギルドの件で呼ばれたのでしょうか。詳細は今話したとおりなのですが……」

「いやいや、ギルドの件はたまたま話を聞いただけじゃ。本命は別にある。クリフくん、王都に来ておるということは、来週の高等学校の入学試験のためじゃろ？」

「はい。そうです」

って、王様もそれぐらい知ってるでしょうが。

「セリーヌもそこに通うんでな。友達として仲良くしてもらおうと思って、今日は呼んだのじゃ」

えっ、そんなことのためだけ？　ウソくせ～。だってセリーヌ様は王女様だよ。何もしなくても周りには人が集まると思うんだが……う～ん。王様が何を考えているか読めない……。まあここは当たり障りのない回答をしておくか。

「それはもちろんでございます。セリーヌ様が辺境伯領に来られた時に、ずいぶん仲良くしていただきました。友達として高等学校でも仲良くしてくださるのは、こちらとしても願ったりです」

「まあ。ありがとうございます。私もクリフ様がいらっしゃったら学校生活を楽しく過ごせますわ」

セリーヌ様の僕への好感度が高い!?　辺境伯領で一週間過ごしただけで、これほどの好感度になるとはとても思えないくらいだ。

「実を言うとな、セリーヌとクリフくんの同級生には、クリフくん以外にも、それぞれ街や村で神童と呼ばれていた者が多くいるのだ。街の剣聖、街の武聖、村の聖女、炎の魔女や氷の魔術師などな。かなりの才能を持った子たちが同世代に多くいる。国が変われば勇者や聖女もいるんだが、今世代は周りから『黄金世代』と呼ばれておるのは知っておるか？」

勇者や聖女が同年代にいるのは知っているが、黄金世代と呼ばれていたことは知らなかった。

「そうなんですね。黄金世代のことは知らなかったですが、高等学校がより楽しみになりました」

チート&ハーレムを目指す僕からしたら「ドンと来い！」って感じだよな。目立ちすぎずに、どんなやつよりも強くなってやるぞ。

「まあ、街を視察した時に神童と呼ばれる子は一通り見てきたんじゃが、その中でもクリフくんが一番だと思っていての。能力的にも人間的にもの。じゃからお主にだけ『セリーヌを頼む』と直接伝えたくて、呼ばせてもらったのじゃ。もちろん視察した者以外にもいい子はいるじゃろうが、それればっかりは今はわからんからなぁ」

なるほど。前に盗賊に襲われてたところを助けたから王様の印象はいいだろうし、セリーヌ様との仲は良好で、さらに父様や母様のこともよく知ってるから……ってところかな。期待の圧がすごいのはちょっと驚きだが、困ることではないよな～。王様の期待の背景を考えてみたが、前向きに受け止めることにした。

「それは光栄でございます。若輩者《じゃくはいもの》ではございますが、期待に応えるため、精一杯努力させていただきます」

僕は立ち上がって片手を胸に当ててお辞儀をした。

それから、辺境伯領で王様とセリーヌ様と別れた後のことを話して、王城を後にした。

あ～。急に王城に呼ばれるから何事かと思ったけど、特に何もなくてよかった。セリーヌ様が綺麗になっててうれしかったな。

セリーヌ様のことを思い出しながらニヤニヤ顔で街中を歩いていたので、すれ違う人々から奇妙な視線を向けられていたことを、僕は知る由《よし》もなかった。

☆

一方、クリフと別れた王たちは、こんな話をしていた。

「で、セリーヌよ。クリフくんはどうじゃった？」

「はい。やはり何も感じませんでした。ですが、何も感じなかったからこそ、普通にお話しできましたので、今日はとてもうれしかったです」

実は、王族は皆「魔眼《まがん》」を持っており、中でもセリーヌは相手の感情がわかる魔眼を持っていた。

それゆえに、相手からの好意や嫉妬《しっと》、欲望などを今まで数多く見てきたセリーヌは、人付き合いが苦手だった。これほどの美少女である。貴族、平民問わず、男と会えば相手のいやらしい考えがすぐに見えてしまう。

セリーヌはそれもあって男性恐怖症であった。しかし、クリフの感情はなぜか読み取れなかったので、普通に接することができたのだった。

クリフも下心を持ってセリーヌと接していたが、とある事情で感情が読まれなかったので助かっていたのである。

「やはりか。不思議じゃな。わしの目でも、クリフくんだけは見ることができなかった。勇者と会った時ですら見えたんじゃが、見えなかったのはクリフくんだけじゃ。強いのか弱いのか、いや、王国にとってプラスなのかマイナスなのかも、測ることができんな」

「そんなに構えなくても、アレクとミレイの息子ですよ。いい子に決まってます」

マリアが一喝する。

「わかっておる。そうじゃな。今までわしはこの魔眼に頼って王国を繁栄させてきたから、魔眼が利かないことで少し不安になってるのかもしれん」

王であるマテウスの魔眼は、相手の能力を正確に見ることができるというものだ。『鑑定』スキルの上位互換だ。『鑑定』では『隠蔽』スキルや隠蔽の魔道具などで隠した項目は見ることができないが、マテウスの魔眼であれば、それらも見ることができる。

では、なぜクリフのステータスを見ることができなかったのか？ それは、クリフが転生者であることを隠そうとしてくれた創生神が、『創生神の加護』によって、魔眼でも見られないようにしていたからであった。

王城では要注意人物（？）としてクリフは常にマークされていた……。

第16話　ようやく冒険者活動開始……最初はやっぱり

王城を出た僕は、当初の予定通り冒険者ギルドに来ていた。昨日騒動を起こしたので、ゆ〜っくりと足を踏み入れた。

昨日の件で、絡まれたりしないよな。絡まれてもやり返すことはできるけど、基本的に絡まれたくないからな〜。

そう。絡まれて喜ぶ人なんかいるわけがない。僕はギルドで依頼を受けて、ランク上げや金策をしたり、レベルを上げたりしたいだけなのである。

周りの人がこちらを向きながらヒソヒソ話をしているのが聞こえるが、何を言ってるのかはわからないので、スルーして受付嬢のエリーさんの元へ向かっていった。

「エリーさん。おはようございます。早速依頼を受けに来ました。ギルドのことがわからないのでおススメの依頼とかあったら教えてほしいです」

入って正面に貼ってある依頼書をはがして持っていけばいいんだろうけど、さすがに量が多すぎて、わからないからな〜。本屋に行っても自分で探すより店員さんに聞いた方が早いし、こっちの方が効率的だよな〜。エリーさんにとっては初心者の子どもに対応しないといけないから、面倒くさいかもしれないけど。それにしても、今日もエリーさんは綺麗だ。緑の髪と長い耳がよく似合ってるよ。毎日会いに来たくなるな〜。

先ほどセリーヌ様に会ってニヤニヤしたばかりなのに、今度はエルフのエリーさんに会ってデレーッとしてしまった。

「あぁ、クリフくん。おはよう。そんなにニヤニヤして、何かいいことでもあったの？　おススメの依頼ね。初めてだったらお届け物の依頼とか、薬草採取とか、家の掃除とかかかな〜」

やばい。ニヤニヤがバレてた⁉　恥ずかしい……。よし。顔は大丈夫だ。

それにしても、初めはやっぱりパッとしない依頼しかないよな～。でも!! まずは薬草採取だな。

「じゃあ、薬草採取をやってみたいです。あと腕には自信があるんですが、魔物の討伐とかの依頼はないんですか？」

「あるけど、だいたいがEランクからの依頼になってるのよ。ゴブリンとかスライムは常設依頼だから、誰でも受けられるわよ。初めは簡単な依頼をこなしてお金を貯めて、武器とか防具を買って魔物を討伐してレベルを上げる。レベルが上がったら、よりランクの高い依頼を受ける……って感じね」

なるほど、たしかにそうだな。いきなり魔物とか、武器もなくてレベルも低かったら無理だな。納得だ。

「わかりました。じゃあ薬草採取しながら、魔物が出たら討伐してきます。ランクが上がったら討伐依頼とかも受けてみようと思います」

「クリフくんならすぐに上がると思うけど……」

エリーさんの声は小さくて聞き取れなかった。

よし。それなら最初は薬草採取だよな。いっぱい採って、「一日でこんなに採ったの!?」と言わせるぞ。そうと決まれば、早速行動だ。ある場所は森とかだよな。『鑑定』使えばすぐだよな。

僕は王都の門を出て、森へ向かった。

「よし。まずは片っ端から『鑑定』して薬草を見つけるぞ」

するとすぐに見つけた。

「あった。これが薬草か」

【名称】 薬草
【効果】 すりつぶして患部に塗ると薬になる。また、ポーションの材料にもなる。

「なるほどね。これで形も覚えたし、『気配察知』とリンクさせてっと」

僕は『鑑定』と『気配察知』をリンクさせることで、一度『鑑定』した物の気配を察知できるようになっていた。

「お~。周囲にたくさんあるぞ。あっちの方にたくさんあるな。早速行ってみよう」


『気配察知』と『鑑定』のコンボで、薬草を見つける度に『アイテムボックス』の中に放り込んでいく。三時間も経つと、千束ほど集まった。

「よし。これぐらいでいいだろ。もういい時間だし。ギルドに行って換金するか。あっ、『アイテムボックス』から出すのはまずいから、マジックバッグに移さなきゃな」

『アイテムボックス』のスキルを持ってる者は希少だ。マジックバッグはお金さえあれば購入することができるので、貴族や商人はけっこう持っている。僕も親からマジックバッグをもらっており、愛用していた。

【アイテム一覧】
薬草…………１０００束
ゴブリン………６８５体
オーク…………２１０体
コボルト………３２０体
スライムの魔石……５５０個
ビックボア………65体
リトルシープ……４２０体

「魔物も三年あればけっこう貯まるよな～。『アイテムボックス』はまだまだ入るから大丈夫だけど、時間停止の機能がなかったらできなかったよな～。それより薬草以外の物はギルドにどれだけ出すのが正解なんだろう……」

　薬草以外にも魔物を出すつもりだったが、どれだけ出せばいいか悩んでいた。それもそのはず、『アイテムボックス』内の魔物は、一人で魔の森に通っていた時に手に入れた物である。当時は冒険者じゃなかったので売る手段がなく、『アイテムボックス』に入れていた。初めは魔石のみを入れていたが、『空間魔法』と『時魔法』のレベルが上がって、時間停止の機能が増えてからは魔物ごと『アイテムボックス』に放り込んでいた。

「まあ、とりあえず二百体ぐらい出すか。お金も必要だしな」

僕はマジックバッグに薬草と魔物を入れて、ギルドに戻った。

☆

ギルドに入ると、素材を持った冒険者で溢れていた。

そうだよな～。朝は依頼を探す冒険者でいっぱいで、夕方からは素材を売る人や依頼の達成報告をする人がいて、お金を受け取って酒場で飲む、が定番だよな。

僕はそんなことを思いながら、ブラブラしていた。どうしよっかな。エリーさんの顔を見たいから待ちたいけど、これはなかなか順番が回ってこないよな～。

エリーさんは、その見た目から看板受付嬢で人気がある。なので、エリーさんの受付にはいつも順番待ちの長い列ができていた。

そのまま突っ立っていると「依頼の報告ですか～？　私でよければ伺いますよ」と、眼鏡をかけた受付嬢に声をかけられた。

「あっ、ありがとうございます。どうしようかと思ってまして。それにしても行列がすごいですね」

「ああ、エリー先輩は人気がありますからね～。今日はいつにも増して並んでますね」

やはりエリーさんは人気なんだな。あの見た目であんなに優しく話されたら、男なんてみんな落ちるよな～。

「ではこちらに来てください。依頼の報告はなんですか？　素材の売却ですか？」

「はい。薬草採取の依頼を受けたのでその報告と、採取してる間に魔物を狩ったのでそれを売却したいです」

「わかりました。手に持ってない物はマジックバッグに入ってるんですか？」

「はい。よくわかりましたね。そうなんです」

「まあ、手ぶらで依頼報告に来る人はいないですからね。それにしてもその歳でマジックバッグを持ってるなんて、もしかして貴族様ですか？」

なるほど。たしかにそうだ。マジックバッグもこの年齢じゃ珍しいよな。ちょっとこれは考えないと……。

「まあそんなとこです。でも親からもらっただけなんで、かしこまらなくて大丈夫です。僕のことは気軽にクリフと呼んでください」

「わかりました。ではクリフさんと呼ばせてもらいます。私のことはミルクとお呼びください」

ミルクさんか～。かわいらしいけど、エリーさんと比べるとな～。いや。エリーさんとだって何かあるわけじゃないんだし、女性との出会いは全て気合いを入れて対応しないと。どこで何があるかわからないからな。

「ミルクさんですね。よろしくお願いします。素材、けっこう多いんですが、どこに出したらいいですか？」

「このテーブルに出してくれていいですよ」

「えっ⁉　でもこのテーブルには収まらないと思いますよ」

よくある展開ではあるが、いきなりテーブルに置ききれないくらいの素材を持ち込む人って、やっぱりいないよな～。

そんなことを考えていると「薬草と魔物ですよね。大丈夫ですよ。ここにお願いします」と、ミルクさんは大丈夫といった様子でテーブルを指した。

「わかりました。では」

僕はマジックバッグから薬草を千束出して、その横にゴブリンを次々に出していった。

「えっ……薬草がこんなにたくさん。えっ。ゴブリンも。えっと、クリフさん……。クリフさん！」

ミルクさんに言われ、僕は素材を出す手を止めた。ちょうどテーブルから溢れるところだったのでよかった。

「クリフさん。これ今日全部採ってきたんですか？　こんなにたくさん？」

「はい。がんばりました。これで半分ぐらいです」

半分じゃないけど、このセリフも言ってみたかったんだよな～。

ミルクさんとそんなやり取りをしてると横にエリーさんが現れ、テーブルいっぱいの素材を見て、「ミルク、どうしたのこれ。テーブルいっぱいじゃない。他の冒険者も何事かってみんな見てるわよ」と言った。

「せんぱ～い。この人に素材を出してもらったんですけど、すごく多くて……」

「こんなに一日で持ってこれるわけないで……ってクリフくんじゃない。じゃあ、これはクリフくんが持ってきたの？」

「はい。がんばりました」

「……わかったわ。ここは代わるから、ミルクはあっちを対応してちょうだい」

エリーさんがそう言って受付を代わってくれた。

ラッキー。エリーさんが対応してくれるぞ。

「それで、クリフくん。こんなに大量の素材を出されてもここじゃ対応できないから、薬草は裏の倉庫に、魔物は解体場の方に出してもらっていいかしら？」

「はい。大丈夫です」

「じゃあこっちよ」


エリーさんに連れられて、薬草を千束倉庫に置いて、魔物は二百体解体場に置いてきた。

受付に戻り、再度話をする。

「で、どうやってあんなにたくさんの薬草と魔物を持ってきたの？」

「えっと、森を探索してたら薬草がたくさんある所を見つけまして、そこで集めました。同じく森を探索してたらゴブリンとかリトルシープとかが現れたので、討伐しながら集めてたら、気づいたらあの数になってました」

僕は、テヘッて感じでおちゃめに言ってみた。

「テヘッ、じゃない！　もう、ホントに～。そんなに採ってきて、ケガはないの？」

「はい。全然大丈夫です」

僕とエリーさんの話し合いを、周りの冒険者がヒソヒソ話しながら見ていた。

「あんな小さいガキが、薬草千束だって？」

「お前、一日で薬草どれぐらい採れる？」

「八十束ぐらいじゃねぇか？」

「魔物も二百体狩ったらしいぞ」

「二十体狩れれば御の字だよな～」

「あいつ、昨日ゴードンを一発で気絶させたやつだよなぁ」

「史上最強のFランクらしいぜ」

「あれでFランク……末恐ろしいな」

「規格外だな。あまり絡まないようにしないと」

いやいや聞こえてるから。もうちょっと抑えればよかったかな～。相場がわからなかったから、多いかもとは思ってはいたけど、多すぎたな。

反省したが……もう遅かった。

「クリフくん。聞こえてると思うけど、周りの冒険者が言ってることが普通なのよ。少しは自重しなさいね。今日すぐにあの量の素材の査定はできないから、明日の朝、また来てくれる？　その時に査定結果を伝えるわ」

「はい。わかりました」

話を終えると、周りの冒険者が避けて空いた所を歩き、僕は宿屋に向かった。

ベッドに横になり、チートはしたいが面倒事はいやなんだよな〜、とある種、不可能なことを思いながら眠りについた。

☆

一夜明けて、ギルドへ向かう前にいつものように獣人のミーケに挨拶をした。

「ミーケ、おはよう」

「クリフくんおはよう。今日も朝から出かけるの？」

「うん。ギルドにね。少しでもお金を稼ぎたくてね」

「勉強は大丈夫なの？　試験まであまり日がないよ」

「うん。まあちょこちょこやってるから試験は大丈夫だと思うよ」

ウソだ。前世の記憶があるので、実際は試験は余裕だと思っていた。

「すごいね〜。私は勉強しないと危ないから、今日も勉強だよ〜」

「応援してるよ。がんばってね。じゃあ行ってきます」

「行ってらっしゃい」

ミーケと別れてギルドへ向かった。

ミーケともだいぶ仲良くなったな。ハーレムにケモ耳枠は欠かせないからな～。


ギルドに着くと、早速エリーさんの元へ向かった。

「エリーさん、おはようございます。昨日の査定が終わったと思ったので朝から来ました。査定、終わってますか？」

「あ～、クリフくん。おはよう。終わってるわよ。ちょっと待ってね」

エリーさんはお金が入ってるのであろう革袋を出してきた。

「え～と。薬草がピッタリ千束だから、全部で金貨十枚。魔物の方はゴブリンが百体、コボルトが六十体、リトルシープが四十体で、解体料を差し引いて合計で金貨五十枚。合計で金貨六十枚よ」

「お～。そんなになったんですね。ありがとうございます」

ちなみにこの世界の通貨は、前世での通貨に換算すると次のような感じだ。

鉄貨一枚……約十円
銅貨一枚……約百円
銀貨一枚……約千円
金貨一枚……約一万円
白金貨一枚……約十万円

虹貨一枚……約百万円

金貨六十枚ってことは六十万円⁉　一日でそれはすごい‼　これは毎日やったらすぐに億万長者だな。

「それと、冒険者カードを出してくれる？」

おっ、これはもしかしてランクアップか〜。言われるままに冒険者カードを出すと、エリーさんが言った。

「クリフくんは既定の依頼数をこなしたから、今日からEランクよ。ちなみに二日でFランクからEランクへの昇格は最速よ。今までの最速は一週間ぐらいだったからね」

お〜。最速記録更新だ。やったね。早くSランクになってみたいな〜。

「ありがとうございます。うれしいです。Eランクになると、何か変わるんですか？」

「う〜ん。Eランクはまだ初心者クラスだから、特に変わらないかな。Dランク、Cランクが一人前の冒険者で、Bランクからが上位のランカーね。まあ、クリフくんならすぐになれると思うから、がんばってね」

「はい。ありがとうございます」

「それで、今日も依頼受けるの？」

「はい。あっ、でも、今日はお金が入ったので買い物して、時間があったら依頼を受けたいので、常設の魔物討伐をしようと思ってます」

「そうなのね。わかったわ。それじゃあゴブリンを狩ることがあったら、丸ごとじゃなくて討伐証明の左耳だけにしてくれる？　ゴブリンって素材になるところがないから、丸ごと持ってこられると解体も大変だし、クリフくんの稼ぎも悪くなるしね」

「そうなんですね。わかりました。わざわざありがとうございます」

そして僕はギルドを後にした。

☆

ちなみに、昨夜クリフが帰った後の冒険者ギルドでは――

「マスター、クリフくんがまた、やらかしました」

「何!?　どうしたんだ？　何があった？」

「今日、薬草採取の依頼報告を受けたんですが、一日で薬草千束と魔物を二百体も持ってきたんです」

「それはまた……規格外だな。早めにランクを上げた方がいいな」

「でも、まだ登録したての十一歳ですよ？」

「そうなんだが、実力がある者は早々にランクを上げた方がギルドのためになるしな」

「そうですね。規定の量に達してるので、Eランクに上げるんでいいですか？」

「そうだな。いきなりDランクとかにすると、子どもだからって目を付けられて危ないかもしれないからな」

「もう遅いとは思いますけど……」

「たしかにな。じゃあ僕は陛下にこのことを伝えてくるよ」

ギルドマスターと、副ギルドマスターでもあるエリーにより、この日の出来事も早々に王に伝わっていることを、クリフはまだ知らなかった。

☆

ギルドを出た僕は、買い物に出かけた。

「ようやく自分でお金を稼いだぞ。いざという時のために貯めておくのも一つの方法だけど、色々気になる物もあるから、この機会に見ておきたかったんだよな〜。武器、防具だろ。ポーションとかもそろえたいし、あとは魔法書。魔法についてはまだまだ知らないこともあるだろうし。あとは奴隷商とかも行ってみたいな〜」

武器屋や防具屋を見て回ったが、あまり気に入った物がなく、早々に店を出た。『鑑定』で性能がわかるのはいいけど、武器屋も防具屋もパッとしないな〜。素材とか渡して作ってもらうのが一番かな。別の所にいい武器屋とか防具屋があるのかな？　ギルドでおススメを聞いておけばよかった。大きいからって理由で来てみたけど、失敗だったな。

量販店のような所にも足を運んでみたが、金額は安いが質はあまりよくなかった。ランクの高い冒険者は、素材を元に武器や防具を作ったり、専属の武器屋や防具屋に行くことを、この時の僕はまだ知らなかった。

奴隷商では門前払いをくらった。まあ当然だろう。十一歳の子どもが一人で奴隷商に行っても相手にされるわけがない。

でも、これじゃなんのために『治癒魔法』のレベルを上げたかわからないよ。

奴隷に関しては今後どうするか考えよう。焦らなくても学校を卒業したら成人するし、それからでもいいか。

そして僕は次の目的である魔法書を探して、王都をブラつくのであった。

奴隷商では門前払いをくらったが、大好きな魔法の本を探すために気持ちを切り替えて、古本屋に来ていた。

「お〜、本がたくさんある。異世界では本が貴重なのが定番だけど、さすが王都だな。これだけあったら、見たことない魔法書とかスキル書も数多くあるだろ。片っ端から読んでみたいぞ」

異世界で本は貴重だ。なんせ、この世界には印刷する技術がない。本は著者が手書きしたモノとそれを複写したモノしかない。複写するのにも時間がかかるので、同じ本一つとっても多くは存在しない。なのでこの世界の本は基本、古本になる。そして希少である。つまり……高いのである。

目をキラキラさせて本を眺めていると、古本屋の店主が遠目から睨《にら》んできた。貴重なんだから手荒に扱うなよ、と言いたげな目だ。

中を確認しながら選びたいけど、本をパラパラめくるのは難しそうだ。わかってるよ。貴重なんだろ？　でも、中も見ないで本って買えないだろ？　ジャケ買いしろって言っても、表紙にはタイトルしか書いてないし……まあ、店主の目が光ってるから、タイトルで判断して何冊か選ぶか。でもこの本って、一体いくらするんだ？

恐る恐る僕は、椅子に座ってこっちを睨んでいる年老いた店主に、本の金額を尋ねてみた。

「すいません。この本っていくらするんですか？」

「その辺りの魔法書とスキル書は、一冊金貨二十枚じゃ。本は貴重じゃからな。冷やかしなら帰ってくれよ。お前さんみたいな子どもには買うのは早いじゃろ」

金貨二十枚!?　高ぇ～。一冊二十万円ってことだよな……。三冊買ったら今日の報酬が全部なくなるぞ……。まだ『アイテムボックス』に魔物はたくさんあるけど、昨日出して驚かれたばっかりだから、すぐには換金できないし……。

少し考えた僕は二冊買うことを決めて、店主に伝えた。

「魔法書かスキル書を二冊買おうと思います。何かおススメはありますか？」

そう言いながら僕は金貨を四十枚、店主に渡した。

僕がお金を持ってることを知った店主は、手のひらを返したように少し表情を柔らかくして、

「そうじゃの～。お前さんの適性とかがわからんから、どれが合うのかは知らんが、どんな本を探してるんじゃ？」と聞いてきた。

たしかにそうか。適性がわからないと勧めようがないよな。

「そうですね。色々勉強してるので、希少な魔法書なんかがあれば読んでみたいですね」

「そうじゃの～。なら『召喚魔法』とか『隷属魔法』、『テイム』のスキルとかは希少じゃぞ」

お～!! 『召喚魔法』!? 精霊とか悪魔とか召喚できるのか～。『隷属魔法』は奴隷契約とかができるのかな～。あと『テイム』!? スライムとか『テイム』してみたい。奴隷商では断られたけど、魔物とか精霊とか、夢が広がるな～。

「興味があるので、『召喚魔法』の本と『テイム』のスキル書を買いたいと思います」

「ありがとよ。金貨四十枚じゃ。でも本を買ったからって身につくもんじゃないぞ？ それでもいいのか？」

この世界には四大属性の魔法書やスキル書は多数存在しているが、読めばその魔法やスキルが使えるようになるというわけではない。人には適性があり、適性どおりの本であれば読めば身につくが、適性外の本に関しては、何度も読んで内容を熟知しなければ身につけることはできない。逆に言えば、何度も読んで熟知すれば、たとえ適性がなくても魔法やスキルを覚えることは可能だ。どれだけ努力が必要かはわからないが……。

「大丈夫です。知らない魔法とかスキルに興味があるんです。身につけられるかはわかりませんが、がんばって勉強してみるつもりです」

「子どもなのにしっかりしておるの～。大事にしておくれよ。ほいっ。これがその本じゃ」

「ありがとうございます。また、お金が貯まったら見に来ます」

僕は店主から『召喚魔法』の魔法書と『テイム』のスキル書を受け取り、宿屋に戻った。
今日は魔物を狩るのはやめて、家で勉強しよう。『テイム』を覚えてスライムを仲間にしてみたい。スライムを『テイム』するのは定番だよな〜。

宿屋に戻ると、早速『テイム』のスキル書を開いた。スキル書にはそのスキルの名称から効果、使い方、習得の仕方などが書いてある。要は、『テイム』のスキルを持ってる人が、他の人向けに書いた本みたいな感じである。

「なるほどな〜。まあ異世界モノの小説で魔物を『テイム』するのは定番だから、書いてある内容はわかるけど、魔物と心を通わせるって言ってもな〜。起き上がった魔物が仲間になりたそうな目でこちらを見てくる、とか体験してみたいけど、本当にそんなことできるのかな？　魔法なら『全魔法適性』があるから覚えられるとは思うけど、魔法以外は適性があるわけじゃないからな〜」

僕は『テイム』のスキル書を読みふけって、どうやってスライムを『テイム』するかひたすら考えた。

するとと相棒のリースが近づいてきて、いつものように顔をペロペロと舐め出した。リースとは二歳からの付き合いで、今では親友とも言える間柄だ。とは言っても……リースは「キッキッ」と鳴くだけなので、言葉を交わすことはできないのだが……。

「リースも新しい仲間、楽しみだよな？」

「キッキッ」

「そうか。そうだよな。リースもうれしいよな」

長い付き合いだ。リースの鳴き声の感じで、どう思っているかわかるようになっていた。

「よし。早速明日試してみよう。やってもないのに諦めるのは異世界らしくないよな。異世界モノなら当たって砕けろ精神だな」

僕はスキル書を熟読して、眠りについた。その日はリースやスライムと一緒に冒険する夢を見たので、起きたらテンションが最高に高かった。

第17話　スライムゲット　名前はもちろん……

朝ご飯を食べたら早速、スライムが出る草原に向かった。

もちろん今日はリースも一緒だ。新しい仲間が増えると思ってリースもテンションが上がっているのか、肩に乗って上機嫌だった。

「よし。まずはスライムを探そう。いるかな～」

僕は『気配察知』でスライムを探した。

「おっ、いるいる。まずは一匹の所に行ってみよう」

スライムを見つけ、対峙する。

「さて、いつもは魔法か剣で瞬殺してたけど、どうしようかな〜。剣とか魔法だと一撃で倒してしまうからな〜。まずはゲームみたいに、弱らせながら倒してみるか。リース、僕から離れるなよ。いくらスライムと言っても魔物だからな」

僕はリースに気をつけるように注意して、その辺に落ちていた木の棒を拾い、スライムを攻撃していった。スライムは物理耐性があるとはいえ、今の僕では木の棒でもスライムなど瞬殺である。殺さないように手加減しながらスライムと戦闘をこなしていった。だが――

「やっぱり無理だな。何匹倒しても、死んだら仲間になるわけないよな。そりゃそうだ。死ぬ前に仲間になりたそうな雰囲気を出してくれなきゃ無理だよな……。じゃあ次は、ひたすら『テイム』って唱えてみるか〜。周りに人がいないから大丈夫だよな」

そして僕は、スライムを弱らせてから、ひたすら『テイム』と唱えて、スライムを仲間にしようとした。弱らせては『テイム』をして「仲間になれ〜。『テイム』……仲間になってくれ〜。『テイム』……仲間になってください。『テイム』……一緒に冒険しようぜ。『テイム』……。仲間になってください。お願いします。『テイム』……」と、唱え続けたが、スライムはうんともすんとも言わなかった……。

「無理だな。仲間になってくれる気がしない……。こんなとこ、誰にも見られなくてよかった。魔物に向かってひたすら『テイム』してる姿を見られたら、痛いやつって思われるよな〜。リース……もしかしたら僕は、スライムを仲間にできないかもしれない……」

僕が落ち込んでいるのを察したのか、リースは僕の顔をペロペロと舐めて励ましてくれた。まるで、「諦めるな。がんばればクリフならできる」と言っているかのようだ。

「ありがとうリース。リースがいてくれてよかった。リースがいなかったらここで諦めて帰っていたかもしれない。そうだよな。諦めたらそこで試合終了って言うし、成功するまでチャレンジだよな。よし。なら次は、食べ物で釣る作戦だ。スライムって雑食だから野菜、肉、魔物と食べ物をあげて、なつきそうなやつがいたら『テイム』を試してみるか～」

次のスライムを見つけて、まずは野菜をあげてみる。犬に餌をあげる感覚だ。ちなみに僕はスライムに攻撃されても痛くも痒《かゆ》くもないため、そばまで近づいても害はない。

「お～、食べてる。食べてる。って食べてるのか？　取り込んでるだけのような気がするが……どうだ？　ちょっとは僕になつきそうか？」

野菜を取り込んだスライムを見てみるが……スライムは何もなかったかのように「ピキーッ」と僕に襲いかかってきた。

「え～。野菜効果ないじゃん」

襲ってきたスライムを軽くいなして、次は肉を手に持ってみた。

すると――――

「おっ、止まった。肉がほしいのか～」

僕は手に持っている肉を左右に動かした。動かした肉に合わせてスライムが動いているように見える。

「肉を気にしているのかわからないけど、なんか動いているし、肉が気になってるよな。これは」

先ほどと同じように近づいてみると、スライムからの攻撃がなかったので肉を与えてみた。

するると、今度は「ピキッピキッ。ピッキー」と、何やら喜んでいる（？）ような動作を見せて、肉を取り込んでいった。

おっ、これは感触いいぞ。取り込んでも今度は襲ってこないし、これはいけるか。

「仲間になってくれ。『テイム』……」

ダメだった。僕とスライムには何も変化はなかった。

「なんでだよ～。異世界ならここで『テイム』できるのがテンプレだろ～。『テイム』ってこの世界に存在しないんじゃね～の。これでダメならどうしろっていうんだよ～。才能がないのか？　適性がないとやっぱりダメなのか……」

僕は『テイム』を覚えられなかった敗北感で、その場に腰を下ろした。

「あ～もう。今日はもう終わりにしよっ」

そのまま大の字になって、休憩することにした。

ちなみに先ほどのスライムはお腹がいっぱいになって満足したのか、僕に襲いかからず、その場から離れていった。

「あ～、『テイム』は失敗だな。まあ、まだ一日目だから挑戦していく価値はあるけど、『召喚魔法』の魔法書もあるし、そっちも勉強してみるかな。もうすぐ学校の試験もあるし、その勉強もしないといけないから、次は試験が終わってからだな」

温かい草原で大の字になって、しばらくボーッとしながら色々と考えこんだ。

「よし。じゃあ、お金のために、森で少し魔物を狩ってギルドに売却しに行こうか」

『テイム』は諦め、森で魔物を狩ろうと動き出す。

だがその時、森の入り口でスライムとゴブリンが戦ってるのが見えた。

「あれっ、さっきのスライムかな～。なら見殺しにするのもちょっとな～」

僕はダッシュで駆け寄り、ゴブリンを瞬殺。剣で真っ二つにした。スライムは急いで逃げるかと思ったが……その場から動かなかった。

「あっ、リース！」

リースが肩から降りて、スライムの元へと向かっていく。急いでリースを守ろうとしたが、スライムはリースを攻撃しなかった。それどころか、リースがスライムをペロペロと舐めて、スライムはそれを気持ちよさそうに受け入れていた。

「どういうことだ？」

不思議に思っていると、スライムは僕に近づいてきて足元に身体を寄せた。

「おっ。どうした……って、これはもしかしたら……『テイム』！」

すると、スライムと何かつながった気がした。

「『テイム』で・き・た。やったぞ。『テイム』できた。スライムとつながったぞ。スライムの考えがなんとなくわかる気がするぞ。リース！　やったよ。僕、スライムを『テイム』できた。リースのおかげだよ。ありがとう」

『テイム』が成功した。スライムは相変わらず足元に寄ったままなので、そのスライムを両手で持ち上げた。もちろん立役者のリースは、僕の肩でキッキッと鳴いていた。まるで、「俺が兄貴だよ。よろしくな」と言っているようだった。

「よろしくな、スライム。って、スライムはおかしいか～。名前がいるよな……定番なら『スラリン』だけど、『スラ吉』、いや『スラリン』か。でも今後、進化とかして人型になって女の子とかになったら『スラリン』もおかしいし。って、人型に進化するって決まったわけじゃないけど……」

ハーレム妄想が止まらなかったが、僕は決めた。

「よし。決めた。『スイム』だ。これなら大丈夫だ。スイム、よろしくな」

スライムは「スイム」と呼ばれた瞬間、身体を震わせた。

「お～。気に入ってくれたか。よかった。よかった」

スイムは名前を気に入ってくれたようだ。なんとなくそんな気がするのは、『テイム』でつながっているからであろう。リースは『テイム』でつながっているわけではないが、なんとなく思っていることがわかる。これは付き合いの長さからだろう。

こうして僕はフェネックのリースに続き、スライムのスイムを仲間にしたのだった。

☆

「スイム」と名付けたスライムは、先ほど僕が真っ二つにしたゴブリンを取り込んでいた。

「スイム、ゴブリンとか取り込んで大丈夫なのか？」

素材にもならないゴブリンは、焼却処分が基本である。討伐証明の左耳と魔石以外はいらないモノなのは、この世界の常識だった。

「ピッキー」

身体をくねくねさせながら、ゴブリンを取り込むスイム。

なんとなく、大丈夫という感情が伝わってきた。

「ならスイム、魔石だけ取り出すことはできるか？」

「ピキピッキー」

できるようだ。スイムは器用にゴブリンを取り込んで、魔石だけ取り出した。

ゴブリンはスイムの十倍ほどの大きさもあるが、難なく取り込んだ。これは魔物を狩った後の処理が楽になるな。そしてもしテンプレ通りなら、魔物を取り込んだスイムは能力が上がるはずだ。能力が上がったら進化ができるようになって、ゆくゆくは人化スキルを覚える。うまくいけばいいな～。全てが期待通りに行くかわからないが、ここは異世界。可能性は大いにある。僕はハーレム妄想を膨らませるのだった。

「スイム。まだまだ魔物は持ってるけど、いけるか？」

スイムは「ピキー。ピキピッキー」と身体を大きく震わせて、僕に近づいてきた。

「よし。じゃあ『アイテムボックス』から出すから頼むぞ。たくさんあるから好きなだけ取り込んで大丈夫だぞ。あっ、でも魔石は残しておいてくれよ。後でギルドに売却するんだから」

僕は『アイテムボックス』からゴブリンやリトルシープなどの魔物を取り出して、スイムに与えた。

持っている魔物全部はできなかったが、スイムはすごいスピードで取り込んでいき、満足したのか、僕の身体をよじ登ってきた。そしてそのまま頭の上に乗って、ピッタリサイズに収まった。

僕はスイムを『鑑定』してみた。

【名　前】スイム
【年　齢】5歳
【種　族】スライム族
【身　分】スライム
【性　別】女
【属　性】水・空間
【加　護】スライム神の加護
【称　号】クリフの従魔
【レベル】1→10
【ＨＰ】5→50
【ＭＰ】5→50
【体　力】5→50

【筋　力】5→50
【敏　捷】5→50
【知　力】5→50
【魔　力】5→50
【スキル】収納・物理耐性・分裂・吸収

お〜。魔物を取り込んだらレベルが上がってるぞ。まだかなり弱いけど、強い魔物とか与えたら、スキルとかも覚えるだろうな〜。これはかなり期待できるぞ。

そして僕はスイムを頭に乗せたまま、王都に帰ってきた。だが、王都に入ろうとした時に門番に止められた。

「君、その頭の上に乗ってるのはなんだい？」

あっ、そうか、魔物って街に入れることはできないのかな。

「スライムです。さっき草原でゴブリンに襲われてるのを助けたら、なつかれちゃって。スライムは街に入ることはできないんですか？」

「人を襲わないなら大丈夫だが、ギルドで従魔の登録をした方がいいぞ。登録のない魔物は、街で殺されても何も言えないからな」

この世界にはテイマーもいる。その者たちは『テイム』した魔物を冒険者ギルドで登録している。

ただ、スライムを従魔登録している冒険者はいなかった。スライムは「最弱の魔物」と世間では知れ渡っているので、誰も従魔にしようと考えないからである。

「ご丁寧にありがとうございます。早速ギルドに行ってみます」

僕は冒険者ギルドに足を運んで、スイムを従魔登録することにした。

「エリーさん、スライムを『テイム』できたんで従魔登録したいんですが？」

対応してくれたのはいつものエルフのエリーさんだ。

「クリフくん、こんにちは。スライムを『テイム』したの？　クリフくんって『テイム』のスキル持ってるの？」

「え～っと、持ってなかったんですが、ゴブリンに襲われてるスライムを助けたらなつかれちゃって……そのままなんか『テイム』できちゃいました」

「そうなんだ。魔物のケガを治して一緒に過ごしたり、赤ちゃんから一緒に過ごしたらスキルがなくても『テイム』できるらしいけど、クリフくんは本当に色々やらかすわね」

エリーさんに呆《あき》れられたのであった。

☆

無事に従魔登録が終わったので、宿屋に戻るとミーケに声をかけられた。

「クリフくん、頭の上にゼリー乗っけてどうしたの？」

頭にスライムを乗せている人間などいないので、実は宿屋に戻るまでに様々な人に変な目で見られていたのを、僕は知らなかった。

「今日、従魔にしたスライムだよ。名前は『スイム』って言うんだ。スイム！　降りてきて」

スイムは頭から降りて、宿屋の受付のテーブルに乗った。

「えっ、スライム……魔物だけど、大丈夫なんだよね」

「うん。『テイム』してるからね。スイムは人を襲わないよ。多分」

ミーケがスイムをツンツンしている。じゃれ合っている姿はすごく和む。

「冷やっとして気持ちいいね。スイム、私はミーケだよ。よろしくね」

スイムも「ピキッ」と返事をしていた。

「あっ、スイムって一緒にここに泊まってもいいのかな？」

「スイムは小さいし、そのままクリフくんの部屋に泊まって大丈夫だよ。食事とか二人分いるならそれはお金かかるけどね」

「わかった。食事はこっちで用意するから大丈夫だよ」

そう言って僕は部屋に戻った。

☆

僕とリースとスイムはその日から、魔物を狩ったりギルドに素材を売ったり、試験の勉強をしたりと、三人（一人と二匹）で入学試験までを過ごした。

「よし。ようやく明日は入学試験だな。王都に来てまだ一週間だけど、さすが王都、かなり充実した日々だったな。でも本番は明日だ。学科試験は問題ない。実技は水晶で魔力測ったりするのかな？　水晶壊すのは定番だよな〜。実技で試験官を倒したり、魔法の試験で的を破壊したり……どうしよっかな〜」

明日の試験のことを考えてニヤニヤしながら眠りについた。

試験でやりすぎて不名誉な称号が増えることを、この時の僕は知る由もなかった。

第18話　入学試験開始　早速のテンプレ一発目

今日は高等学校の入学試験日だ。

このサリマン王国では、優秀な子どもが十一歳から十五歳まで王都で学問を学ぶことができる。もちろん入学試験はある。貴族の子どもにとっては貴族同士の仲を深めるとともに、ここで貴族の在り方や内政を学ぶのである。ただ、貴族であれば誰でも入学できるというわけではない。先ほども述べたが、高等学校では入学試験がある。つまり、合格しないと入学できない。まあ裏金などで裏口入学する学生が一定数いることは否定できない。が、基本はちゃんと勉強しておかないと入学は不可能だ。僕も辺境伯家の次男として、試験に臨んでいた。

「よし。今日は入学試験だな。目立たないようにしながら、チートは駆使する。色んな人と出会い、ハーレムを形成する。面倒事が起きないように静かにする。がんばっていくぞ」

僕は目標を再確認すると、スイムに声をかけた。

「スイム、行こう」

スイムは身体を大きくしたり小さくしたりの伸縮が自由にできるため、今日は頭に乗せずにポケットに入れた。

宿屋の一階に下りて、ミーケに挨拶しようとしたら、今日はミーケのお母さんのサーシャさんが受付をしていた。もちろんサーシャさんも獣人であり、ミーケと同じように尻尾とキツネ耳がある。

「おはようございます。サーシャさん。ミーケはいないんですか？　今日は入学試験だから一緒に行こうかと思ってたんですが……」

「あら、おはようクリフくん。ミーケは一時間前にはもう出たわよ」

えっ、ミーケ、家出るの早くない？　……うん。別に時間に間に合わないとかじゃないよな。ちぇっ。一緒に行って仲を深めようと思ったのに……事前に一緒に行こうって言っておけばよかった。

「そうなんですね。ありがとうございます。じゃあ僕も行ってきます」

「クリフくん。試験がんばってね」

サーシャさんに見送られて、高等学校へ向かった。

☆

学校の門に着くと、大勢の同学年と思われる人がいた。

「たくさんいるな～。ここにいる人全員試験受けるのか～。試験だから全員は合格しないだろうけど、もしかして倍率ってかなり高いのかな……」

おっ。男爵家令嬢発見。こっちは準男爵家長男。騎士爵っていうのもいるな。貴族がやっぱり多いよな。お金もかかるだろうし、この世界では学校って貴族以外には敷居が高い気がする。

門をくぐって、同学年になる人を『鑑定』しながら人間観察をしていると、「お前、僕にぶつかってきてどういうつもりだ。僕が誰だかわかってるのか?」と、お決まりのセリフが聞こえてきた。

来た～!?　これは助けに行くしかないっしょ。

僕は声のする方に近づいていった。

声をかけたであろうぽっちゃりした男性と、その男性の子分らしき二人の男性、そして尻餅をついているかわいらしい黒髪の女性が目に入った。

「ごめんなさい。キョロキョロしてて」と、その女性は謝ったが――

「僕は伯爵家の次期当主だぞ。その僕に平民がなれなれしく近寄るな。謝罪は当然だろ。僕にぶつかったんだ。土下座するのが普通だぞ」

は～。何意味わからないこと言ってんだか。ちょっとぶつかっただけだろ？　そもそもぶつかるって両者悪いだろ？

僕はその貴族を無視して、女性に手を差し出した。

「大丈夫ですか？」

「えっ、はい」

女性を立たせて、今度は貴族に向かって言ってやった。

「どういうことがあったか知らないけど、ちょっとぶつかっただけだろ？　それで土下座って意味不明じゃん。謝ったんだし、それで十分だろ」

「何～？　貴族である僕にぶつかったんだぞ。それなりの対応が必要だろ？」

「「そうだ。そうだ。ブラン様は伯爵家の次期当主だぞ。ケガしたらどうするんだ？」」

取り巻きも含めて、僕にも突っかかってきたので、「いやいや、ぶつかっただけでケガするって、お前どんな身体してんの？　病弱なんじゃない。それなら試験なんか受けずに家帰れよ」と返した。

僕はテンプレ対応がちゃんとできるか不安だったが、実際に遭遇してみると、人として普通に振る舞うだけで大丈夫なんだと気づいた。うまくやらなきゃって思ってたけど、別に自然してたらなんとでもなりそうだな。意味わからんこと言ってくるやつに、正しいこと言えばいいだけだからな。

「僕は伯爵家の次期当主だぞ。お前、僕のこと知らんのか？」

試験勉強などは辺境伯領でしていたが、田舎《いなか》だし、貴族の交流など全くなかったため、他所《よそ》の領のことなどは知らなかった。

「知らんし。試験の参考書に載ってるの？　載ってないなら知ってるわけないじゃん。お前こそ頭大丈夫なの？」

「お前〜。不敬だ。不敬罪で訴えてやる」

その言葉に女性は真っ青になったが、「大丈夫だよ。たしか学校では身分の差は関係ないはずだから」と声をかけておいた。それに伯爵と辺境伯じゃ、僕の方が身分が高いしね。

いつの間にか、僕たちの周りを人が取り囲んでいて、見世物《みせもの》みたいになっていた。その中から学校の関係者らしき人が現れて、「何してるんですか？　ここでもめ事を起こすなら試験を受けさせませんよ」と注意してきた。

「ブラン様。試験を受けられなかったらご当主様に叱られます」

取り巻きがブランに伝えると、ブランは「そうだな。お前ら、ここは見逃してやる。ありがたく思えよ」と言って、取り巻きを連れて逃げ去っていった。

僕は前世の時から理不尽なことは嫌いだったので、テンプレうんぬんではなく、ブランを撃退できたことに満足していた。

「あの、助けてくれてありがとうございます。でもよかったんですか？　きっとあの人に目をつけられましたよ」

女性は心配そうに言ってきた。

「大丈夫ですよ。あんな理不尽なことで絡まれるなんてありえませんし。もしまた来ても、逆に叩きのめしちゃいますよ。それよりも無事でよかったです。ケガはないですか？」

「はい。大丈夫です。ちょっとぶつかっただけなんで」

女性と話していると、「アリス、大丈夫だった〜？　ごめんね、助けに行けなくて……。うちは、あいつの家にはあまり逆らえないから……」と、別の女性が近づいてきた。

「うん。気にしないで、シェリー。この人が助けてくれたから、全然大丈夫だったよ」

「うん。見てたから。アリスを助けてくれてありがとう。あいつ本当に最低ね。伯爵家だからって何をしてもいいわけじゃないのに。あなたのおかげでスカッとしたわ」

この人は貴族なのかな……『鑑定』……子爵家令嬢か。なるほど。伯爵には頭が上がらないって感じかな。たしか子爵家までは下級貴族で、伯爵から上は上級貴族？　だったっけ？

「人として当然のことをしただけだよ。権力とか嫌いだしね」

「あなたすごいわね。私はシェリー。シェリー・コールマンよ」

「私はアリスです」

「シェリーさんにアリスさんですね。僕はクリフって言います。試験に合格したら同級生になるんだし、これからよろしくお願いします」

「そうね。お互い合格できたら仲良くしましょ」

「はい。ぜひ仲良くしてください」

二人の好感度はまずまずだった。よし。いきなり友達が二人できたぞ。これは好発進だな。

「ほらっ、アリス行きましょ。試験に遅れちゃうわ」

「シェリー、待ってよ」

二人は試験会場に向かいながら「クリフくん、さっきは本当にありがとう。入学したらよろしくね」と再度お礼を言ってきた。

「全然構わないよ」と言葉を交わして、試験の時間が迫ってきていたので、僕も受付をしに駆け足で試験会場に向かった。

☆

受付をし、学科試験の会場に足を運ぶと、既に多くの人がテーブルに座って最後の試験勉強をしていた。

なつかしいなこの光景。前世の入試とかを思い出すよ。最後の詰め込みってやつだな。

空いてる席を探して、キョロキョロしながら周りの受験者を見ていく。そのまま空いてる席に腰かけて周りの様子を窺《うかが》ってると「試験勉強はしなくていいのか？　みんな参考書片手に必死に勉強してるぜ？」と後ろから声がかかったから、振り向いてみた。すると、赤髪を短く刈り上げたイケメンがいた。

「そうだね。でもここで詰め込んでもあまり意味ないし。試験勉強はちゃんとやってきたからね」

「余裕だな。それと、さっきは見てたぜ。ブランの野郎もざまぁって感じだな。あいつは権力振りかざすから、周りからも嫌われてんだ。見ててスカッとしたぜ。俺はマッシュ・ステインっていうんだ。よろしくな」

なんか気さくなやつだな。話しかけてくれるのはありがたい。

「僕はクリフだよ。よろしく。ステインってことは、マッシュは貴族なの？」

「ああ、ブランと同じ伯爵だな。でも気にするな。ここでは身分の差は関係ないからな」

「そうなんだね。わかった、マッシュ。こちらこそよろしく」

試験の前に伯爵家のマッシュと仲良くなった。

「マッシュは試験大丈夫なのか？　周りみたいに勉強しないで」

「ああ、勉強は得意じゃないが、今さらあがいても仕方ないしな」

顔だけじゃなくて、考え方もイケメンだ。物語の主人公みたいなやつだな。

マッシュと世間話をしながら試験の開始を待っていると、試験官らしき人が現れて、いよいよ試験が始まった。


よし。まずは学科試験だな。どんな感じかな～。

僕は試験問題を見渡し、そして絶句した……。

試験レベルの、あまりの低さに……。

足し算に引き算、かけ算、割り算の四則演算に、魔法の種類を書け？　あとは文章とか単語の読み書き？　なんだこれ？　簡単すぎないか……これじゃ間違える方が難しいと思うけど。

僕が異世界に来て受けた座学は、四則演算や読み書きが中心だった。この世界は計算ができない者や読み書きができない者がけっこういる。つまり、前世でいう国語や算数のレベルがあまり高くないのだ。

前世で大学まで出ている僕にとって、この問題は簡単すぎた。

時間を大幅に余らせて問題を解いた僕は、問題を何度も見直しながら修正をするフリをしたりして時間をつぶした。

これは間違いなく満点だな。てか満点以外ありえないだろ。この学科試験ならみんな高得点だろうし、満点も何人もいるだろう。逆にこの内容なら満点が合格ラインってこともありえるしな。

しかし、実はこの世界ではこの問題が間違いなく入試レベルであり、毎年学科試験で二割は落ちていた。ちなみに合格ラインは三十点以上で、満点を取る者は毎年二人か三人しかいない。そのことを僕は後になって知るのだが、この時は知る由もなかった。

☆

次の試験はお昼を挟んで午後からなので、どうしようかと思って席を立つと、「クリフ、食堂で一緒にお昼食べないか？　入試試験中はここの食堂開放してるらしいから、利用する人が結構いるらしいんだ。俺も食堂の味が気になるから、どうだ？」と、マッシュがお昼に誘ってくれた。僕には神の声に聞こえた。

やった。これでぼっち飯じゃなくなった。さすがにぼっち飯はさみしかったんだよ。朝からお昼はどうしようか悩んでたけど、マッシュのおかげで助かったな。

「ああ。ぜひ頼むよ。僕も食堂の味は気になるし。食堂がどこにあるか、マッシュは知ってるの？」

「任せろ。あっちだ」

マッシュに案内されて一緒に食堂に入り、空いている席に座る。

そしてお昼を食べながら話す。

「それで、クリフは試験どうだったんだ？」

「う～ん。簡単だったよ。全部解けたしね。マッシュはどうだったの？」

自己採点が満点であることは言わなかった。

「クリフすげ～な。俺は七割は解けたから、まあ大丈夫だと思う。午後の実技の方が得意だしな」

ちなみに、ここの高等学校では様々なことを教えているので、試験も何パターンかある。僕やマッシュのように午後の実技を受ける人用の学科試験と、実技を受けない人用の学科試験だ。

実技を受けない人とは、貴族当主や、貴族令嬢、商人を目指す人のように、魔法や武術を使わない人たちのことである。その人たちは学科試験が全てなので、学科試験のレベルが高くなっている。

この人たちは午後も別の学科試験を受ける。

僕やマッシュは午後に実技試験を受ける。実技試験を受ける者は実技と合算で判断されるため、学科試験の合格基準は比較的低くなっていた。貴族の中で魔法の適性を持つ人や腕に覚えがある人、学科が不得意な人はこちらを選択している。

二人で談笑しながら食事をとっていると――――

「マッシュ、試験どうだった？」

マッシュに二人の男女が話しかけてきた。

さすがイケメン。リア充だな。イケメンの周りには人が集まるって本当だな。

僕はマッシュと二人の会話を食事をしながら聞いていた。

「ああ。まあ学科は大丈夫だと思うぜ。得意ではないけど、苦手ってわけでもないからな。お前らはどうだったんだ？」

「僕はバッチリできたよ」

「私も多分大丈夫よ」

「マッシュ。そっちの人は誰だい？　初めて見るけど？」

「ああ。こいつはクリフって言って、学科の試験会場で知り合ったんだ。試験前にあのブランを言い負かしてたから興味があってな」

マッシュが紹介してくれたので、僕は二人に自己紹介をした。

「初めまして。クリフと言います。さっきマッシュと知り合って一緒にいるけど、元々知り合いがいないので、仲良くしてくれるとうれしいです」

「僕はマロンだよ。ブランを言い負かすって、クリフはすごいんだね。あいつ、貴族で見た目はぽっちゃりだけど、魔法の腕はいいから気をつけてね」

「私はリーネよ。ブランって、あの試験前に広場で騒いでたやつでしょ。じゃあ、あなたがアリスを助けてくれたのね。さっきシェリーから聞いたわ。私、権力振りかざすやつって嫌いなのよね」

「午後も実技がんばって、みんな同じクラスになれたらいいね」

マロンがクラスのことについて話し始めたので、僕はクラスについて聞いてみた。

「クラスって成績順で決まるの？」

すると、マッシュが答えた。

「ああ。クリフは知らないのか。上からSクラス、Aクラスって感じで一番下がEクラスだ。俺はもちろんSクラスを目指している。Sクラスは成績上位から二十人ってのが決まりだな」

なるほど。成績順にクラスが分かれるのか。どうしよっかな～。Sクラスじゃきっと目立ってしまうよな。でもAクラスじゃ中途半端でパッとしないし、Sクラスで目立たずに済む方法ってないかな～……。

「マッシュはSクラスで間違いないでしょ。あとはセリーヌ王女様を筆頭に、北の魔女のフレイや北の剣聖ルインとか、賢者ソロンなんかもいるしね」

「そうそう、あとは公爵家のジャンヌ様と侯爵家のソフィア様もSクラス候補よね」

セリーヌ様以外にも有名どころの名前が挙がってるけど、なんかかっこいい二つ名がついてるな～。

「ああ、この黄金世代は有名どころが多いからな～。あとはクリフもだな。だろ？　神童クリフ？」

「えっ⁉」

「違ったか？　てっきりお前が辺境伯家の神童クリフだと思ってたんだが？」

あれ？　僕って名前知られてるの？

「なんで知ってるの？」

「なんとなくだな」

「えっ？　じゃあクリフって貴族なの？」

「まあね。ただ次男だし、そんなに気にしないでよ。田舎だったし、神童って言われても自分でもピンときてないんだから」

あまり注目されるのも困るからな。適当に流しておかないと。でも有名な人が多いから、ちょっとはがんばらないとSクラスに入れないかもな。セリーヌ様とは同じクラスになりたいし、午後はいっちょやりますか。

お昼の時間が終わり、午後の実技試験へと移っていくのであった。

☆

「はい。では次に実技試験を行います。実技試験は三つです。まず初めに魔力測定を行います。これは単純に、ここにある水晶に触れてもらい、その人の魔力を調べるだけです。魔法の適性を持ってない方もいるとは思いますが、魔力は必ずあるのでそれを調べます。次に、実技試験です。ここでは的に向かって魔法を放つ方法と、的を武器で破壊する方法の二つがあります。どちらを選んでも構いません。最後は模擬戦です。試験官と一対一で戦ってもらいます。もちろん、負けたからといって不合格になるわけではありません。どれぐらいできるかを確認します」

なるほどね。魔力測定と的破壊と模擬戦ね。どれも得意分野ではあるけど、魔力は多分かなり高いからどうしよっかな〜。的は魔法で参加するとして、派手な魔法はNGだよな。模擬戦も試験官のレベルにもよるけど、勝っちゃっていいんだろうか？

僕は順番待ちをしながら、魔力をどうするか考えていた。

魔力を調べる水晶は十個あるようで、受験生が魔力を調べて次々と進んでいった。

「35」

「150」

「222」

「850」

850が出た時は、試験官から驚きの声が上がっていた。

「850の魔力はすばらしいですね。学校で魔法の技術を学べば、すばらしい魔法使いになれると思います」

850を叩き出した人は女性だった。

「あの人、侯爵家のソフィア様よね」

「侯爵家で、魔力が高くて、それでいて綺麗ってうらやましいわ」

あの人がSクラス候補のソフィアさんか。魔力８５０ってすごいんだな。侯爵令嬢か。仲良くなりたいな。綺麗な人だし。

魔力８５０で周りは驚いているが、僕の魔力は３００００ある。もはや規格外中の規格外だろう。

そして、魔力測定は続いていく。

「４２０」

「63」

「７７７」

「１５３０！」

「１５３０！　歴代の記録でもトップクラスです。あなたが北の魔女フレイさんですね。期待通りの数値です。がんばってください」

あれが北の魔女のフレイさんか。二桁から三桁ばっかりの魔力の中で、１５３０はすごいよな。

じゃあ、とりあえず僕の魔力は２０００くらいに『隠蔽』しておけばいいか。魔力２０００なら、高いとは言ってもおかしいとは思われないレベルだろ。

ちなみにラッキーナンバー７７７の魔力を叩き出したのは、朝僕に絡んできたブランだ。特に目新しさがなかったため、華麗にスルーされていた。

そして僕の番が来た時に、事件は起こった。

「えっ？　測定不能？」

魔力の数値が読み上げられず、試験官に測定不能と言われた。

「どういうことですか？」

「えっと、この水晶では魔力２０００まで調べることができるので、測定不能はそれ以上の数値の時しか現れないはずなんですが……。故障かもしれませんので、ちょっと待っていてください」

試験官は置いてある水晶を下げて、新しい水晶を取りに行った。

あれ、おかしいな。２０００まで調べられるなら、『隠蔽』した数値ちょうどで測定できるはずじゃないのか……？

その様子を見ていた会場内の人たちは、一度静まり返り、その視線は僕に集中した。

「おい。測定不能ってどういうことだよ」

「わからないけど、魔力が２０００以上あったら測定不能になるみたいよ？」

「魔力２０００!?　さっきの北の魔女より多いじゃんか」

「いや。測定不能だし、水晶の故障なんじゃないの？」

ヒソヒソ話が止まらない。すると、新しい水晶を持った試験官と、別の人も駆けつけてきた。

別の試験官かな……って小さい……。八歳くらいの女の子に見えるぞ。でも、周りの試験官が敬語で話しかけているのが聞こえる。これはもしかして校長じゃ！　ってことは、のじゃロリか!?

「すみません。お待たせしました。こちらが新しい水晶です。こちらに再度手を触れてもらえますか？」

僕は言われた通りに新しい水晶に手を置いた。

「また測定不能……。壊れてるわけじゃないみたいですね……。校長、どうしますか？」

一緒に来た人は、やはり校長だった。きっと、大賢者って感じなんだろうな～。

「わしは『鑑定』が使える。クリフくん、使っても構わんかのぉ？」

「はい。大丈夫です」

校長は『鑑定』を使い、僕のステータスを調べた。そしてその結果を見て、何か考えこんでいる。

「クリフくん。もう一度、今度はこっちの水晶に手を触れてもらえるか？」

校長はそう言いながら、ポケットから新たな水晶を出してきた。

「構いませんよ」

僕が再度水晶に手を触れると、校長は難しい表情で水晶を見ている。

「クリフくんの魔力は２０００じゃ。わしが『鑑定』したから間違いないのじゃ」

校長が大きな声で宣言したので、僕の魔力がこの中で一番大きいことが一瞬でバレてしまった。

ふ～。『隠蔽』はしっかりできているみたいで安心した。僕は全員に魔力がバレてしまったことに少し焦ったが、本当のステータスを隠せてほっとしていた。

☆

だが実は、校長にはクリフがステータスを隠していること、そして魔力が１００００以上あることがしっかりとバレていた。

クリフが一息ついていた時、校長は誰にも聞こえないくらいの声で、こんなことをつぶやいていた。

「やはり。この水晶は魔力1０００まで調べられるものなのに、測定不能と出たのじゃ。『鑑定』では魔力は2０００と出ている。やはり陛下がこの子のステータスを見られなかったことと、何か関係がありそうじゃの。後で陛下に伝えておくかの……」

☆

一方、僕は周りの受験生に囲まれていた。

「クリフくん、魔力2０００ってすごいね」

「お前、魔力やばいな。どうやったらそんな魔力になるんだ」

「クリフくんって辺境伯家の神童のクリフくん？」

「君すごいね。僕と友達になってよ」

「クリフくん、結婚してください」

「はいはい。今は試験中ですよ。測定が終わった人は次の試験に、測定がまだの人は早く測定してください」

試験官が場を収めてくれたおかげで、僕を囲んでいた人たちはサーッと離れていった。

は〜。よかった。一時はどうなるかと思ったけど、試験官さん、ナイスだぜ。

僕も次の的当て試験の会場に歩いていった。

☆

その様子を、遠巻きに見ている者がいた。

伯爵家のブランだ。ブランはクリフを睨みながらつぶやいた。

「あいつ。朝、僕を邪魔したやつじゃないか。魔力２０００だと。どうせ不正したに決まっている。あんなに周りからちやほやされやがって。むかつくな～」

しっかりと目の敵《かたき》にされていた。

周りの話を聞いていれば、クリフが辺境伯家の貴族だとわかるはずだが、ブランはそんなことには全く気づかず、邪魔をした目障りなやつとしか認識していなかった。

☆

次の試験会場では、的に向かって魔法を放つ人、的を剣で切り付ける人がいて、受験生が順番待ちをしていた。

おー!!　ここが次の会場かぁ。魔力測定で目立ってしまったから、ここはちょっと抑え気味に行きたいところだな。

会場の様子を見ていると、先ほどのことを知っている人たちがヒソヒソと話しているのが聞こえてきた。試験官の目があるから近づいてくることはなかったが……。どうにもやりづらいな。注目を浴びてるのがわかるよ……。

でも、なんの魔法使おうかな……今試験してる人を見る限りだと、『火魔法』とか『風魔法』が多いよな〜。的に当たらない人もいるし。おっ！　あの人は的を破壊したぞ。おっ！　あっちの人は槍で的を串刺しにしてる。『ファイヤーボール』で的を破壊するぐらいでいいか。あんまり手を抜くと魔力はウソだったのかって思われるかもしれないしな。

的当ての順番が来たので、『ファイヤーボール』を使おうとしたら、隣から声をかけられた。朝絡んできたブランだ。

「おいお前、ちょっと魔力測定で数字がよかったからって、調子に乗るなよ。なんか不正しただけだろ。的当てではそうはいかないぞ。僕の魔法を見てみろ。『フレイムアロー』」

ブランは『フレイムアロー』を使って的を破壊した。『フレイムアロー』は『ファイヤーアロー』の上位版で、中級の『火魔法』だ。言葉通り、矢の形をした炎が的に向かっていった。しかも二本。

「どうだ。これが僕の実力だ。お前みたいなやつにはできないだろ。どうせさっきの測定もなんか不正したんだろ。正直に言って辞退した方が身のためだぞ」

横から絡んできてうっとうしい。あ〜面倒くさい。『ファイヤーボール』で適当に流そうかと思ったけど、やめた。ちょっとあれ使ってみよう。

「『ファイヤーボール』」

僕は『ファイヤーボール』を的に放った。すると「ゴーーン」と大きな音が響き渡り、的が黒焦げになった。

僕が放ったのは『ファイヤーボール』だが、赤い炎ではなく、青い炎だ。火は温度が高くなると青くなる。僕はそのことを知っていたので、イメージで火の温度を上げて青い炎、いわゆる蒼炎《そうえん》を作り出して放ったのだった。

「おい。今の『ファイヤーボール』、青くなかったか」

「てかすごい音が鳴ってたけど、あれ『ファイヤーボール』なのか？」

「青い『ファイヤーボール』なんて初めて見たぞ」

ブランも周りの声が聞こえてきたのか、「おい。『ファイヤーボール』が青いからって、そんなのただの見せかけだろ。またなんかしただけだろ。そんな小細工しても僕には通用しないぞ」と言ってきた。

まあ、わからない人にはそれで構わないよ。わかる人にはわかる、ってかっこいいよね。とりあえず、絡まれるのはうっとうしいから無視して次の会場に行くか。

横で騒いでいるブランを無視して、僕は次の模擬戦の会場へ足を運んだ。

☆

「お～、やってる。やってる。魔法戦とかすごいな。魔法の撃ち合いだ。さすが試験官だな。受験生はいっぱいいっぱいだけど、試験官からは余裕を感じるぞ」

試験官と受験生の一対一の模擬戦を眺めていると――

「おっ、あれはマッシュだな。どれどれ」

マッシュが試験官と模擬戦をしていた。

剣を使うんだな。おっ。マッシュが優勢だ。そのまま試験官に勝つんじゃないか～？

マッシュは剣を自在に操り、試験官と互角に戦っていた。マッシュが勝つかも、と思っていたが、徐々に試験官に押されていき、最後は負けてしまった。

「マッシュ、だいぶ腕を上げたな。次やったら負けそうだ」

「毎日ちゃんと訓練してますからね。次は勝ってみせますよ」

模擬戦後、握手しながら何やら話しているマッシュと試験官。

マッシュはあの試験官と知り合いなのかな？　まあリア充イケメンの貴族様だからな。色々あるか。

模擬戦を眺めていると、僕の番が来た。

「お主の相手はわしじゃ。よろしく頼むのじゃ」

なんと、模擬戦の相手はのじゃロリこと、校長だった。

僕と対峙しているのは、この学校の校長だ。この時の僕は名前も知らなかったが、実は王国一の魔法使いで、「大賢者ミスティ・アルテリア」と言えば、本にも書かれているほどの英雄である。

魔力も王国でただ一人、１００００を超えている。

校長のミスティと魔力２０００の僕の模擬戦は注目を集め、周りを受験生が取り囲んでいた。

「クリフくん、君の実力が知りたいんじゃ。全力で構わんのじゃよ。では模擬戦開始じゃ」

校長の号令とともに、模擬戦が始まった。

「はい。よろしくお願いします。でもなんで僕だけ試験官が校長なんですか？『ファイヤーボール』」

僕は『ファイヤーボール』を放ちながら、校長の様子を見た。

「魔力測定で学校創立以来２０００もの魔力を出したのはお主が初めてじゃ。興味があっての」

校長は軽く『ファイヤーボール』をかわしていく。

「これならどうだ。『ウインドカッター』」

僕は『ファイヤーボール』よりも速い『風魔法』に切り替えて、校長を攻撃していく。

「クリフくんはそんなもんじゃないじゃろ」

校長は『ウインドカッター』を軽く避けて、『ファイヤーアロー』を連発してきた。

「ウォーターシールド」

水の防護壁を発動して校長の魔力を相殺《そうさい》する。

「まだまだ。これならどうじゃ」

校長は『ファイヤーボール』を百発ほど周囲に浮かべ、まとめて僕に放ってきた。

大量の『ファイヤーボール』だな。『ウォーターシールド』だけじゃ防げないか。

僕は『ウォーターシールド』とともに『アースシールド』を展開して、校長の魔法を防いだ。

よし。防げたぞ。でもどうしよ～。ここで上級魔法とか連発すると、周りの人に色々バレるしな～。

上級魔法を使わず、初級と中級魔法で校長とやり合っていると――

「どうした？　そんな魔法じゃわしに傷をつけることもできんぞ」

校長にそう言われたので、僕は周りを見渡しながらどうするか考えていた。

「なるほどのぉ。周りが気になるか。では、ほれっ。これでどうじゃ」

校長は二人の周囲一帯を見えない壁で囲った。周りから僕と校長は見えなくなったようだ。もちろん、こちらからも壁の向こうは見えない。

「安心せぇ。魔法で周りに被害が出ないように結界を張ったんじゃ。まあ見えないようにしたのは、お主が安心して魔法を使えるようにじゃ。それに声も届かないようにしたぞ。じゃから魔力10000以上の実力を発揮しても、周りにはバレんぞ」

魔力のことを指摘された僕は足を止めた。

「えっ！　なんのことですか？」

「隠してもバレバレじゃ。最後に出した水晶は、魔力10000を超えると測定不能と出るのじゃ。『鑑定』して魔力が2000と出るのは、多分じゃが、ステータスを『隠蔽』しておるじゃろ」

げっ!!　バレてるじゃん。これはどうしようもないな。

「バレてましたか。ならしょうがないですね。『ファイヤーストーム』」

僕は上級魔法を校長に放った。

「おっ、ようやく本領発揮じゃな」

校長は『ファイヤーストーム』をかわしながら、魔法を放ってきた。

「次はこっちから行くぞ。『ウォーターミスト』『フレイムアロー』」

校長は霧《きり》を作って、どこにいるかわからないように身体を隠してから上級火魔法の『フレイムアロー』を放ってきた。

やばっ。これは防御できないかも。霧で周りが見えないし、『転移』使っても大丈夫か。

「『転移』」

僕は『転移』を使って校長の後ろに回り、その首に手刀でちょんと触った。

「校長、チェックメイトです」

「お主、何をした？　いつの間に背後に回った？」

校長は驚き顔で振り向いた。

「秘密です。僕の勝ちでいいですよね」

僕はドヤ顔で校長に言った。

「わしの負けじゃ。わしが負けるなんていつぶりじゃ。しかもお主の魔法、多分じゃが、『転移』したじゃろ？」

僕の『転移』は速攻でバレていた。

「さあ、どうでしょう。これ以上はみんなも待ってくれませんので、この辺で終了でいいですよね」

「ああ。聞きたいことは多々あるが、これは試験じゃったな。わかった。とりあえずクリフくんは合格決定じゃ。じゃあ、結界を解くぞ」

校長が『結界魔法』を解除し、周りが見えるようになった。

みんながざわざわしていると、校長が声を上げた。

「クリフくんとの模擬戦は終了じゃ。結果は合格発表でするのじゃ」

校長は模擬戦の内容は伝えなかった。しかし――

「どうなったんだ？」

「いやいや、校長に勝てるわけないだろ。大賢者だぞ」

「でも、クリフってやつも魔法連発して、校長の攻撃を防いでいたぞ」

「あいつは校長レベルってことか」

「大賢者レベルって、学校で学ぶことあるのか？」

「あいつと同学年って、俺たちの世代ってやばいな」

「規格外ってやつだな」

周りの反応がやばい……かなりやりすぎた感があるぞ。早く帰りたい。

校長との模擬戦を終えて、人に囲まれかけたが、面倒なことになると思い、僕はマッシュやアリスに声もかけずにダッシュでその場を後にした。

当然ながら、僕がいなくなった試験会場では、僕の噂で持ち切りだったらしい。

その後の合格発表の時に知ることになるが、僕は「大賢者の再来」と言われていた。

☆

入学試験が終わった校長室では、ミスティが二人の学生を待っていた。

「失礼します。校長。何かご用でしょうか」

入ってきたのは、クリフの兄のアーサーと、姉のミリアであった。

「急に呼んですまんのう。今日、入学試験でクリフくんと模擬戦をしてのぉ。お主たちの弟じゃろ。話を聞いておこうかと思っての」

「クリフと模擬戦をしたんですか？　クリフは大丈夫でしたか？」

「いや、大丈夫も何も、あやつはきっと、わしより強いぞ」

ミスティは模擬戦の内容と感想を二人に伝えた。

「えっ、校長より強いんですか？　クリフがですか？　まあ、クリフはだいぶ規格外ですからね。私よりも魔法に詳しいいし、剣もアーサーよりうまく使いますからね」

「的当てでも青い『ファイヤーボール』を放ってのぉ。あんな魔法は初めて見たぞ」

「まあクリフですからね。あいつは昔からなんでもできたんで、今さら驚きませんよ」

「クリフくんはすごい力を持っておる。この王国のためになればもちろんいいのじゃが、敵になれば、かなりの脅威《きょうい》となるじゃろう。その辺はどうかのぉ」

「校長。クリフはそんなことは絶対にしません。あいつは俺の自慢《じまん》の弟ですよ」

アーサーはミスティの言葉に強く反論した。

「すまんのじゃ。そんなつもりで言ったわけじゃないんじゃ。うむ。わかったのじゃ。クリフくんは規格外じゃから、学校では色々支えてやってくれ。なんせ、大賢者の再来と称されておるからの～。孤立する可能性もある」

「もちろんです。私たちの弟ですから。でも校長、安心してください。クリフは昔から人なつっこいですから。きっと学校でも多くの友達を作ると思いますよ」


アーサーとミリアが校長室から出て、一人になったミスティはつぶやいた。

「大賢者の再来か～。あやつはきっと、わしを軽く超えていくじゃろ。あの時、背後に現れたのはきっと『転移』の魔法じゃな。古代遺産の『転移』の魔法陣はあるが、まさか一個人が使えるとはの～。それに、魔力量もきっとわしよりも多い。はぐらかしておったが、他にも色々隠してる魔法があるはずじゃ。わしも大賢者と呼ばれて久しいが、クリフくんみたいな異才は初めてじゃ。正直わしもクリフくんに魔法を教わりたいくらいじゃな。どうしたものかの～。ゆっくり話して色々教えてもらうのが一番じゃが。まあこの部屋に呼んで、根掘《ねほ》り葉掘《はほ》り聞いてみるとするかの」

クリフの知らない所で、のじゃロリのハーレム候補が一人増えたのだった。

☆

一方その頃、王城では――ミスティからクリフの入学試験の報告を受けて、王のマテウス、王子のリッキー、王女のセリーヌが話をしていた。

「ミスティから聞いたのじゃが、クリフくんが入学試験で色々やらかしたらしいの」

「はい。私も入学試験を受けておりましたが、魔力測定では測定不能で、的当てでは青い炎で的を壊して、模擬戦では校長と戦ったみたいですよ。さすがクリフ様ですね」

「クリフくんのことは、アーサーとミリアからよく聞いていますよ。自慢の弟だと。さすがに試験はやりすぎだと思いますけど。まさか、校長が負けるなんて。僕も一度手合わせしてみたいな」

「リッキー、手合わせするのはいいが、魔眼は使ってはならんぞ。魔眼の存在を知る者はごくわずかにしておかねばならない。他の国に知られてみろ。対策されでもしたら大変じゃ。将来痛い目を見るぞ」

改めて説明すると、サリマン王国の王族は皆、何かしらの魔眼を持っている。マテウスは『鑑定』の魔眼で、通常の『鑑定』の上位版だ。マテウスの魔眼では『隠蔽』しているステータスも見ることができる。

セリーヌは、相手の感情がわかる魔眼を持っている。邪《よこしま》な考えや、いやらしい考えなど、相手がどんな感情を抱いているかがわかってしまうため、かなりの人見知りで男性恐怖症になっている。

クリフだけが例外で、感情が見えないために普通に接することができている。

リッキーは数秒先の未来が見える魔眼だ。戦闘においての優位性はさることながら、暗殺や毒殺など、数秒先が見えるリッキーには通用しない。王族としてはとてもいい魔眼と言えるだろう。

そしてマテウスが言うように、魔眼の存在を知る者は少ない。王族以外では、校長のミスティやクリフの両親のアレクとミレイ、その他数名ぐらいだ。その他の者には存在を隠している。魔眼を持っていることがわかれば対策されてしまい、国が危険にさらされる可能性があるためだ。

「わかっております、父上。今後学校で会うこともあるので、機会があれば仲良くしたいと思ってます。それに、セリーヌもクリフくんが気になっているみたいだし、兄としてクリフくんを見極めないとね」

「お兄様。クリフ様は強いし、かっこいいですね。お兄様と戦っても、きっとクリフ様が勝つと思いますよ。何せ、大賢者の再来ですからね」

「セリーヌよ。今日の入学試験でクリフくんはかなり有名になった。セリーヌの言うように、大賢者の再来と言われているぐらいだ。他の貴族もきっとクリフくんに近づいてくるだろう。うかうかしてると取られてしまうぞ」

「お父様。大丈夫です。私はきっとクリフ様を射止めてみせますわ」

クリフの知らぬ間に、王城ではセリーヌがクリフを射止める決心をし、次期王のリッキーがクリフと仲良くするために動こうとしているのであった。

第19話　合格が決まったので冒険者活動を再開しよう

試験会場でかなりやらかしてしまった僕は、急いで宿に帰った。

「あ～、やりすぎたかな～。さすがに校長との模擬戦はきつかったけど、あっさり負けるのも嫌だったし、しょうがないよな～」

今日の試験を思い返しながら、やらかしすぎたことをちょっとだけ後悔していた。

「まあ校長に合格って言われたから、とりあえずの目標はクリアしたたし、前向きに考えるか。クラスもSクラスだと思うし、面倒事を考えなかったら最高の結果ではあるな。でも……絶対面倒なことになってるよな～……」

一応一週間後の合格発表は見に行くとして、その後は学校が始まるまで一カ月ぐらいあるから、冒険者活動だな。スイムもいるし、ダンジョンに行ったり『転移』先の登録をしたりとか、やることはたくさんあるよな。『転移』を使えば実家にも帰れるけど、『転移』が使えることを他の人に知られたらまずいから、実家に帰るのは今回はなしだな。馬車で一カ月かけて実家に戻ったら、入学に間に合わないし。合格発表を待って、父様には手紙で結果を知らせるか。

今日の入学試験で疲れていたので、明日からの予定を考える間もなく、すぐに眠りについた。

最近は、スイムを抱き枕にしている。リースはそんな僕のそばで丸まって寝ていた。

抱き心地がよく、ひんやりして気持ちいいのだ。リースも僕と引っ付いてるのが気持ちいいのか、寝る時は僕のそばで丸まって寝ている。

☆

「スイム、おはよう。スイムの身体、気持ちいいな。寝る時はこれからもよろしくな。さて、合格発表まで一週間あるから、ちょっと依頼でも受けるか。お金を稼いで魔法書とか買いたいしな。スイムもそれでいいか？」

「ピキーッ」

スイムは身体をくねっとさせた。了解って言っているようだった。


宿屋の受付でミーケと会ったので、昨日の試験について聞いてみた。

「ミーケ、おはよう。試験どうだった？」

「クリフくん、おはよう。試験はバッチリできたよ。ちゃんと受験勉強したからね。クラスはわからないけど、合格はしてると思う。それよりもクリフくん、すごかったんでしょ。噂になってたよ」

「そっそうなんだ。僕も合格はしてると思うから、学校でもよろしくね。じゃあギルドに行くからこれで」

どうやらミーケも噂を知ってるようだ。もうちょっと話をしようかと思っていたが、昨日の件を色々聞かれても困ると思い、早々に宿屋を出ることにした。

ミーケと別れ、スイムと冒険者ギルドにやってきた。

「エリーさん、おはようございます。また依頼を受けたいんですが、何かいい依頼ってありませんか？」

依頼書を見て決めてもいいけど、エリーさんの所が空いてるなら、絶対行って声をかけるよな。こんな綺麗な人に声をかけないのはもったいない。エルフってだけで、三倍は綺麗に見えるよ。

そう。普通、ギルドでは依頼書を見ながら自分で依頼を探し、それを受付に持っていき、受理されたら依頼をこなしていくのが常識だ。受付嬢に依頼を斡旋《あっせん》してもらうのは、高ランクの冒険者のみだが、僕はそんなことはお構いなしに声をかけていた。

「クリフくん、おはよう。昨日は学校の試験だったんでしょ。噂はギルドにまで入ってきてるわよ。かなり暴れたらしいじゃない。さすがクリフくん、って思ったわよ」

ギルドにも試験の噂はしっかりと流れているらしかった。

「昨日の今日なのに、情報が早いんですね。まあ……ちょっとだけ、がんばったというか、やりすぎちゃったというか」

僕はどう伝えたらいいかわからず、ごまかしながら試験のことを伝えた。

「クリフくんが規格外なのは既に知ってたからあんまり驚かなかったけど、冒険者は荒くれ者の集まりだから、絡まれないように気をつけてね。それで、依頼だったわね。そうね～、クリフくんだと今出てる依頼なら、ゴブリンの集落の対処とか、盗賊の捕縛《ほばく》とかかな。ワイバーンはちょっとまだ手に負えないと思うし、ダンジョンなんかは依頼ではないけど、そろそろいけるかもね」

お～、ワイバーンって竜の下位種だよな。さすが異世界。僕は空を飛べるし、会ってみたい!!

「エリーさん。ワイバーンってどこにいるんですか？」

「ワイバーンは北の丘で目撃情報があってね。もし丘を越えて街に来たら被害が出るから、討伐依頼が出てるの。でもクリフくんは受けられないわ。だってBランクの依頼だもの。ランクが上がってからね。ゴブリンの集落の対処とか、盗賊の捕縛も本来はCランクの依頼なんだけど、クリフくんならできそうだから話しただけよ」

「僕がCランクの依頼を受けてもいいんですか？」

「本来はダメよ。でもクリフくんの実力と、昨日の試験のことを聞いたギルドマスターから、クリフくんがやるならOK出してやれって言われてね。ギルドも人手不足だから、実力のある冒険者はそれに見合った依頼をこなして、早くランクを上げてもらいたいのよ」

なるほど。普通はランクより高い依頼は受けれられないが、例外があるってことか。それにしてもギルドマスターか。あまり目をつけられても困るな。やりたい依頼ならいいけど、嫌な依頼とかお願いされたら困るしな。

「そうなんですね。ありがとうございます。ダンジョンにも興味はありますが、まずはゴブリンの集落の対処の依頼を受けてみようと思います。一週間後の合格発表までには戻ってきたいんですが、その期間でできそうですか？」

「そうね。場所は南の森の中だから、二日ぐらいでゴブリンの集落には着くと思うわ。集落を破壊できれば一番だけど、ゴブリンを狩って数を減らしてくれるだけでもありがたいから、ギリギリまでゴブリンの数を減らして、戻ってきてくれても大丈夫よ。クリフくんは一人だから、危ないと思ったら依頼を放棄してでも逃げてきてね。命は大事だから」

なるほど。今回の依頼は集落の破壊ではなく、対処だから難易度が低くなってるって感じかな。それならまだレベルが低いスイムとでも、力を合わせれば一人でやるよりうまくいきそうだ。

「わかりました。スイムもいるので、多少ならやれると思います。では、早速行ってきます」

僕はスイムとともに、南の森へと足を運んだ。

☆

「マスター。クリフくんがゴブリン集落の対処の依頼を受けました。でも、本当にあの依頼を受けさせてよかったんですか？　本来ならCランクで、しかも五人パーティーで受ける依頼ですよ」

「わかっている。でも試験での結果を聞くと、ここでクリフくんの実力を見ておくのもいいだろ？危なくなったら放棄してもいいって言ってるんだしな。これで集落を全滅させてくるようだったら、早めにランクを上げてやれば、ギルドにとっても大助かりだしな」

ギルドマスターの言葉を聞き、エリーはクリフの無事を祈るのであった。

「クリフくん。無茶だけはしないでね……」

☆

南の森にやってきた僕とスイムは、ゴブリンの集落の近くまで来ていた。今は森の中をスイムと歩いている。

「ゴブリンの集落って、ゴブリンがどれぐらいいいるんだろ？　集落ってぐらいだから、かなりの数はいるよな。そろそろ『気配察知』に反応があるだろうけど……おっ、反応があった。この多数反応がある所が集落だよな……って、数多いな。百、いや二百はいるんじゃないか」

『気配察知』にゴブリンの集団が引っかかった。数は二百ほどだ。全てが同じ反応ではなく、弱い反応から強い反応まで様々あった。

数はある程度わかったが、強さの感じがまちまちだな。エリーさんに聞いたところによると、ゴブリン、ホブゴブリン、ゴブリンソルジャー、ゴブリンメイジ、ゴブリンアーチャーが雑魚《ざこ》で、その上にゴブリンジェネラル、ゴブリンロード、ゴブリンキング、ゴブリンエンペラーがいるんだったよな。

ちなみに、この世界のゴブリンのレベルはこんな感じだ。

ゴブリン…………雑魚。レベル5ぐらい。
ホブゴブリン……雑魚。レベル8ぐらい。

ゴブリンソルジャー……雑魚。レベル8ぐらいで剣を持っている。

ゴブリンメイジ……雑魚。レベル8ぐらいで魔法を使う。

ゴブリンアーチャー……雑魚。レベル8ぐらいで弓を持っている。

ゴブリンジェネラル……普通。レベル10〜15ぐらいで剣を持っていたり、魔法を使ったりする。雑魚ゴブリンの上位種。

ゴブリンロード……ちょっと強い。レベル15〜20ぐらいでゴブリンジェネラルの上位種。ゴブリンロードが治めている集落なら、Cランク冒険者五人パーティーで討伐できるレベル。

ゴブリンキング……強い。レベル25〜40ぐらいでゴブリンロードの上位種。ゴブリンキングが治めている集落の場合は、推奨《すいしょう》討伐ランクはBになる。

ゴブリンエンペラー……かなり強い。レベル40〜80ぐらいでゴブリンキングの上位種。ゴブリンエンペラーがいる場合の脅威度は災害級で、推奨討伐ランクはA以上になる。


とりあえず、ゴブリンジェネラルか、ゴブリンロードまでは倒せると思う。ゴブリンキングやゴブリンエンペラーがいたら退却して、情報をギルドに伝えるんだったな。

近くにゴブリンの集落を捉え、僕とスイムは作戦を考えていた。

「よし、スイム。僕がゴブリンを『風魔法』で倒していくから、周りにバレないように死んだゴブリンを処理してくれ。他のゴブリンにバレるとやっかいだから、初めは集落をぐるっと回って、はぐれてるゴブリンや、倒しても他に気づかれないゴブリンから倒していこう。一周したら一度ここに戻ってきて様子を窺う。これでどうだ」

「ピキッ!!」

了解！　と聞こえた気がした。

「よし、じゃあ行動開始だ」

僕はゴブリンの集落に近づきながら、はぐれているゴブリンを『風魔法』で倒していった。集落を一周する頃には、五十体ほどのゴブリンを倒していた。

さて、ここからどうするかだな。集落に入ると気づかれて、大量のゴブリンがこっちに向かってくると思うし……。それにしてもゴブリンの集落って普通の村みたいだけど、どこもかしこも見事にゴブリンばっかりだな……正直気持ち悪いぞ。

僕はゴブリン集落を見ながら、どうやって残りのゴブリンを討伐するか考えていた。集落の中ではゴブリンが「ギャッギャッ」と言いながら動き回っており、その光景は非常に気持ち悪かった。

こっちが複数いれば陽動作戦とかできるんだけどな……ん、待てよ。ここから大きな『火魔法』でゴブリンの集落を攻撃して、ゴブリンがこっちに気を取られてる隙《すき》に、逆側に『転移』して攻めるのはどうだろうか？　『転移』があるから一人で陽動作戦ができそうだな。そうと決まれば。

「『ファイヤーストーム』。『フレイムアロー』。『フレアボム』。『エクスプロージョン』」

僕は目立つように『火魔法』を使った。『火魔法』はレベル9なので、ほとんどの『火魔法』を使うことができた。ほとんどというのは、知らない魔法もまだまだあるからだ。

ゴブリンの集落は、一瞬で業火《ごうか》に包まれた。「ドーン」という音とともに炎が上がり、ゴブリンは「ギャギャ」「ギャー」「ギャギャギャー」と、悲鳴なのか、驚いているのかわからないが、あちこちで声を上げていた。

よしよし。混乱してるな。じゃあ逆側に回るか。

「『転移』」

僕はスイムとともに、集落の逆側に『転移』した。『転移』した先から大きな炎が見える。だいぶ倒したけど、まだ強い気配は残ってるな。ゴブリンロードかな。多分、中心ぐらいに感じる気配がそうだと思うけど。

僕とスイムは混乱しているゴブリンを剣と魔法で倒しながら、強い気配のする中心を目指した。連携《れんけい》も慣れてきたもので、僕がゴブリンを倒すとスイムが即座に取り込む。その繰り返しだった。

「よし、スイム。この家の中にいるのが、多分ボスだと思う。周りに取り巻きもいるから、ここで『火魔法』を使って家からボスを引きずり出すぞ。スイムも警戒しろよ」

僕はスイムに警戒するように言い、『フレイムボム』を家に放った。

「ゴギャー」「グギャー」と悲鳴が聞こえた。悲鳴の後、家が崩れ落ち、中から普通より二回りほど大きなゴブリンが、大剣を持って出てきた。

来たな。あれがゴブリンロードか。大剣持ちなんだな。僕で倒せるかな……。

そしてゴブリンロードとの対決が始まった。

大きいな。とりあえずどんな感じか能力を見てみるか。

「『鑑定』」

【種　族】ゴブリンロード
【性　別】男
【レベル】20
【ＨＰ】1000
【ＭＰ】100
【体　力】200
【筋　力】200
【敏　捷】100
【知　力】30
【魔　力】30
【スキル】両手剣ＬＶ3

全然強くないな。スイムよりは強いが、これなら楽勝だな。よくこれで魔法から逃れられたな。

そうか。他のゴブリンを盾《たて》にしたんだな。ゴブリンロード以外は出てこなかったから、きっとそうに違いない。

するとゴブリンロードが怒りながらこっちに向かってきたので、僕は剣を出して応戦した。ゴブリンロードが大剣を振り下ろしてきたのを剣で受け止める。

余裕だな。この大きさと顔の迫力でちょっとビビったけど、ステータスの差は大きい。剣を受けても何も感じないな。こりゃ、ゴブリンキングやゴブリンエンペラーでも、なんとかなったかもな。

ゴブリンロードの大剣を難なく受け止めると、そのまま剣を横なぎにし、ゴブリンロードを真っ二つにした。

ゴブリンロードを倒した後は楽だった。残ったゴブリンは統率が取れなくなり、バラバラに散っていった。僕とスイムは、逃げていくゴブリンを魔法と剣で倒していった。

あれほどいたゴブリンは全くいなくなり、ゴブリンの集落は無人になった。

「よし。スイムお疲れ様。これで依頼達成だな。集落を作るぐらいだから、誰か囚《とら》われてたりとかするかと思ったけど、なんの反応もなかったな。囚われてた女騎士とか助けるのって定番だったんだけど、今回はなかったな」

ゴブリンの集落を後にすると、帰りは時間もあったのでゆっくりギルドへ帰ることにした。

そういえば、二百体近いゴブリンを倒したんだから、スイムのレベルも上がってるよな。僕は戦闘が終わった時に一回レベルアップの音が流れたから、1しかレベルアップしなかったけど……。
僕はスイムのステータスを確認した。

【名　前】スイム
【年　齢】5歳
【種　族】スライム族
【身　分】スライム
【性　別】女
【属　性】水・空間
【加　護】スライム神の加護
【称　号】クリフの従魔
【レベル】10↓25
【Ｈ　Ｐ】50↓250
【Ｍ　Ｐ】50↓250
【体　力】50↓250
【筋　力】50↓250
【敏　捷】50↓250
【知　力】50↓250

【魔　力】50 → 250
【スキル】収納・物理耐性・分裂・吸収

「スイム、すごいレベルアップしてるじゃん。やったな。ステータスも大きく伸びてるぞ。でも、あれだな。スキルとかって増えてないな。ゴブリンだったからかな。普通、魔物を取り込んだら、その魔物が持っているスキルも取り込むと思ってたけど……違うのかな。まあいっか。次は僕のステータスを確認してみよう」

【名　前】クリフ・ボールド
【年　齢】11歳
【種　族】人族
【身　分】辺境伯家次男
【性　別】男
【属　性】全属性
【加　護】創生神の加護・魔法神の加護・剣神の加護・武神の加護
戦神の加護・愛情神の加護
【称　号】(転生者)・神童・大魔導士
【レベル】36

【HP】380000
【MP】1030000
【体力】28000
【筋力】26000
【敏捷】26000
【知力】36000
【魔力】310000
【スキル】鑑定・アイテムボックス・全魔法適性・身体強化
無詠唱・気配察知・消費MP軽減・隠蔽
全武器適性・状態異常無効・転移魔法・戦闘補正S
火魔法LV9・水魔法LV8・風魔法LV8・土魔法LV8
光魔法LV8・闇魔法LV5・時魔法LV5・空間魔法LV6
治癒魔法LV8・雷魔法LV5
片手剣LV8・短剣LV8・両手剣LV5・弓矢LV5
槍LV5・斧LV3・鎖LV1・棍棒LV3

まあ、僕の方は1レベルしか上がってないのはわかってたけど……ゴブリンを倒しても、もうレベルは上がらないかもな……。称号に『ゴブリンスレイヤー』がついてるかと思ったけど、ないな。

『ドラゴンスレイヤー』も『ゴブリンスレイヤー』も定番だけど、ゴブリンはもっとたくさん倒さないと無理だよな。千体とか一万体ぐらいかな。まあ『ゴブリンスレイヤー』は特にほしいわけでもないから別にいいけどね。

ちなみにドラゴンの場合、倒すドラゴンのレベルにもよるが、災害級なら一体倒せば『ドラゴンスレイヤー』の称号を得ることができる。

僕はすぐにギルドに戻ると怪しまれると思い、三日ほどスイムとダラダラ過ごしてから、ギルドに依頼の報告をしたのだった。

第20話　ギルドマスター襲来!?　実力がバレる!?

依頼達成の報告をしたのは、依頼を受けてから一週間後だ。ちなみに明日は高等学校の合格発表日である。

報告をしようとギルドに入ると、「クリフくん!?　無事だったの!?　よかった～」と、エリーさんが駆け寄ってきた。

「あっ、エリーさん。はい。集落を壊滅させてきましたよ」

「よかった～。なかなか帰ってこないから、心配してたのよ。いくらクリフくんでも、いきなりCランクは早すぎたかな～って」

ゆっくり帰ってきても、結局面倒事になるんか〜い!!　いや、単に心配してくれただけか？

「いえいえ、慎重に進めたので日数がかかっただけですよ。討伐自体は無理なくやれましたから」

「よかった。詳しく聞かせてちょうだい。二階の個室に行きましょう」

僕とエリーさんは二階の個室に向かった。


話を進めようとすると、ドアがノックされて、強そうな男性が入ってきた。

「マスター!?　どうしたんですか？」

この人がギルドマスターか。強そうだな。なんていうか、オーラが見える……。

「エリー、クリフくんが戻ってきたんだろ？　僕にも話を聞かせてくれ。クリフくん、僕がこの王都のギルドマスターのヨハンだ。よろしくな」

「あっ、初めまして。この前冒険者になったばっかりのクリフです。よろしくお願いします」

てか、なんでギルドマスターが来たんだろ？　ゴブリン集落って、結構重要な依頼だったのか？

「今回、Cランク依頼のゴブリンの集落の対処をクリフくんが受けることを許可したのは、僕だからな。エリーが『クリフくんがなかなか戻ってこない！』って言ってたから、僕も心配だったんだ。どうせだから一緒に話を聞かせてくれ」

なるほど。たしかにエリーさんが独断で許可するわけないか。僕はまだEランクだしね。

僕はゴブリン集落に行くのに往復で四日かかったこと、集落の周りで、はぐれゴブリンを討伐しながら三日かけて集落を壊滅させたこと、ボスがゴブリンロードだったこと、約二百体ほどが集落を作っていたことを伝えた。

「なるほどね。そういうことなら時間がかかったのもうなずけるわね」

「はい。僕は一人だったので、いきなり突っ込むとゴブリンに囲まれると思って、少しずつ数を減らしていきました。ゴブリンキングかゴブリンエンペラーなら逃げる予定でしたが、ゴブリンロードだったので討伐して、集落を壊滅させたって感じです」

「わかったわ。依頼の報酬が出るのと、今回の依頼の達成でクリフくんのランクが上がるから、ギルドカードを貸してくれる？」

カードを渡すと、エリーさんは部屋から出ていった。部屋には僕とギルドマスターが残った。

「クリフくん、噂は色々聞いてるよ。さすがアレクさんの息子だね」

「父を知ってるんですか？」

「もちろん。アレクさんは有名だからね。それにクリフくん。直接見てみるとわかるが、クリフくんも相当強いでしょ。僕と一戦交えてみないかい？」

いやいや、ギルドマスターに実力がバレるのはまずいでしょ。バレたら最後、色々面倒な依頼を押し付けられるやつだ。ここは全力回避一択だな。

「いえいえ。まだ冒険者になったばかりですし、ギルドマスターにはさすがにかないませんよ」

「そんなことないよ。ミスティ校長に勝ったんでしょ。十分強いと思うよ」

「えっ、なんで知ってるんですか？」

校長との模擬戦のことはもう伝わってるのか。てかどこまで知ってるんだ？　この人。

「はっはっはっ。やっぱりか。試験で模擬戦をしたことは聞いたけど、なんか違和感があったから、かなりいい勝負をしたとは聞いてたけど、まさか校長に勝つとはね」

どうやらカマをかけられたみたいだ。ミスったな。この辺の駆け引きはまだまだだな。まあ、ギルドマスターは経験も豊富だろうしな。

「まあ試験ですし、校長もかなり手加減してくれたと思います。運もよかったですし」

「ふ～ん。まあそういうことにしといてあげるよ」

二人でそうやって話していると、エリーさんが報酬を持って戻ってきた。

よかった。エリーさんが帰ってきた。このまま話をすると、僕のことがどんどんバレていきそうだから早めに退散しないと……。

「お待たせ。まず、ゴブリン集落の対処の報酬が金貨百枚で、そしてこれがクリフくんの新しいギルドカードよ。おめでとう。これで今日からクリフくんはDランクの冒険者よ。駆け出し卒業ね」

「ありがとうございます」

やった～、金貨百枚ゲットだ。一週間で百万円って、かなり稼いでいるよね。この調子で冒険者活動したらお金稼ぎは楽勝だな。

ちなみに、通常の依頼はパーティーを組んで受けるのが普通である。Cランクの依頼は金額に差はあるが、金貨十枚～百枚ほどが報酬の相場だ。五人パーティーなら、一人あたりの報酬は金貨二枚～二十枚ほどになる。毎日依頼を受けるわけではない上に、武器や防具、ポーションなどの消耗品とか、冒険者はお金がかかる。なので、Cランク冒険者はなかなかお金が貯まらないのが普通だ。

よし、報告も終わったし、ギルドマスターとは話したくないから宿に戻ろう。

僕は報酬を受け取ると、今回得たゴブリンの魔石や、その他の魔物の素材も売却し、逃げるようにギルドを去った。魔石や魔物の素材は金貨二十枚になり、合計金貨百二十枚をゲットしたのだった。

第21話　合格発表!!　校長！　それはやりすぎっしょ

今日は高等学校の合格発表の日だ。僕はミーケに声をかけ、合格発表を見に行こうと誘った。

「ミーケ、おはよう。試験の合格発表、一緒に見に行かない？」

「クリフくん、おはよう。いいよ。私も気になってたから結果を早く知りたいし。お母さんに受付代わってもらうから、ちょっと待っててね」

よし。ミーケを誘うことに成功したぞ。今日は合格発表を一緒に見に行くだけだから何もないだろうけど、こういう積み重ねって大事だよな。

僕はケモ耳枠のハーレム候補は必ず一人はほしいと思っていた。ヘタレなので積極的にハーレムを作ろうとはしてないが、男なのでハーレムへの願望はすごく強い。

ミーケは受付を代わってもらうと、準備のために宿屋の奥に入っていったので、その場でしばし待った。

二十分ほどでミーケは戻ってきた。

「お待たせ。じゃあお母さん、行ってきます」

「ミーケ、クリフくん、行ってらっしゃい」

ミーケの母のサーシャさんに見送られ、二人で合格発表の場である高等学校へ向かった。

☆

学校に着くと、既に多くの人がいた。

「めっちゃ人がいるな〜。みんな試験の結果が気になるんだな」

「そりゃそうだよ。この学校は人気高いしね。倍率が高いから落ちる人も多いらしくて、私も心配だよ」

僕たちは人の波の向かう方へ歩き出した。どうやら学校の生徒が誘導しているようだった。案内に従って移動すると、大きな広場に板が設置されていて、そこにはびっしりと合格者名が書かれた紙が貼り出されていた。

お〜。なんか大学受験を思い出すな。自分の番号を探す時はドキドキしたっけ。今回は既に校長から合格って言われてるけど、やっぱり自分の目で見るまでは緊張するよな。

「クリフくん。あそこに貼り出されてるよ」

「そうだな。探してみよう」

ミーケの番号を聞き、まずはミーケの番号を探そうと思ったが、既にミーケは板の前まで人混みの中に入っていって探していた。

「クリフくん、あったよ。合格したよ〜。やった〜やった〜」

ミーケは早々に合格者の欄に自分の名前があるのを見つけていた。

「ミーケ、おめでとう。よかったな。僕も探すよ」

「クリフくんもあったよ。あれだけ目立って書かれてたら、すぐに見つかるよ」

ミーケは合格発表一覧の一番上を指さして言った。

ミーケに言われて一番上を見た僕は、衝撃を受けた!!

えっ……。

一瞬自分の目を疑って、再度合格発表一覧を見た。そこには——

首席合格　1038番　クリフ・ボールド　Sクラス　300点／200点

と書かれていた。しかも他の人の発表欄の三倍ほどの大きさで……。

いやいやいやいや。首席なのは百歩譲っていいとして、一番上にあれだけ大きく書かれたら、目立ちすぎるだろ？　しかも三百点って!?　満点超えてるんですけど……。

合格発表を見て、声も出せずにただただ驚愕《きょうがく》したまま別世界に旅立っていた僕に、ミーケが言った。

「クリフくん、すごいね。首席で点数も満点以上だよ。でもSクラスか〜。私はBクラスだったから、クラスは別になっちゃったね」

ミーケの言葉で現実に戻ってきた僕は、なんとか答えた。

「ふ〜。ありがとうミーケ。ちょっと別世界に行ってたよ。でも……は〜、首席か〜。なんか面倒事を引き当てた気がする。これから大変だよ……」

「クリフくんなら大丈夫だよ」

「ありがとうミーケ。あっ、学校でもよろしく。わからないことがあったら聞いてよ。なんでも教えるよ。王都のことはミーケの方が詳しいけど、勉強とか魔法のことなら僕も詳しいからさ」

そう言ってミーケに手を差し出し、握手をした。

は〜。もうこうなったらしょうがないか。やるしかない！　開き直れ僕！　それにしてもこれは校長の陰謀《いんぼう》か？　負けた腹いせか？　今年はセリーヌ様も入学するし、王族以上に目立つのは避けたかったんだが……。

ミーケと話しながら他の合格者名を眺めていると、声をかけられた。

「ようクリフ。首席おめでとう。まああれだけやらかしたら当然だよな」

声をかけてきたのは試験の時に知り合った、イケメンで貴族で物語の主人公みたいなマッシュだった。

「おっ、マッシュか。ああ、ありがとう。首席はできすぎだけどな。マッシュはどうだった？」

「当然Sクラスで合格だ。四年間よろしくな」

僕とマッシュはがっちり握手した。

「マッシュ様!? クリフくん。マッシュ様と知り合いなんですか?」

「ん? ああ、学科試験の時に後ろの席にいてね。その時に知り合ったんだ。ミーケはマッシュを知ってるの?」

「はい。マッシュ様は王都では有名ですから」

「ははは。同じ学年なんだし、様はいらないよ。クリフの方がすぐに有名になるだろうしね。あれだけデカデカと首席って出てるからなあ」

「言えてますね」

マッシュとミーケがクリフを見てほほ笑む。

「別に僕が頼んだわけじゃないよ。たしかに試験はがんばったよ。試験には落ちたくないし、Sクラスにも入りたかったから。でも、僕はこう、なんて言うか、目立たずに学校を楽しみたかったんだよ」

「諦めろ」

マッシュに肩を叩かれ、僕は苦笑いで応えた。

こうして合格発表の場でも、話題を一人独占してしまった僕は、周りからの視線に耐え切れず、マッシュに言った。

「マッシュごめん。なんかみんなこっち見てるし、面倒事は嫌いだから帰るよ」

「そうだな。その方がよさそうだ。また学校でな」

試験日と同様に、この日も逃げるように学校から去っていった。

☆

クリフが合格発表の場から離れてからも、こんな声が上がっていた。

「あれが今年の首席ね」

「ボールドってことは、辺境伯家の子どもだよな」

「イケメンね。仲良くしたいわ」

「辺境伯家のクリフって、神童って噂があったよな。噂通りってことか」

「てか三百点って何したんだよ？」

「結婚したいわ」

クリフの話題がなくなることはなかった。

第22話　入学まで一カ月　あれもこれもしたい

僕とミーケは宿に帰ってきた。

「ミーケ、今日は合格おめでとう。あとごめん。あんなことになるとは思わなくて」

「大丈夫だよ。改めてクリフくんもおめでとう。ちょっと驚いたけど、首席のクリフくんと友達になれてよかったと思ってるよ」

ミーケ、いいやつだな。学校が始まっても仲良くしたいな。


学校で大騒ぎになりそうになって、気疲れしたので、今日は宿屋で一日休むことにした。

部屋に戻ってスイムをポケットから出した僕は、今後のことを考えていた。

「とりあえず、入学まであと一カ月ある。やれることの候補としては、冒険者活動してランクを上げる、ダンジョンを攻略する、『転移』先の登録にもなるし他の街に行ってみる、魔の森を攻略する……ぐらいか」

僕は『転移』が使えるので、辺境伯家に戻ることもできるし、危なくなったら逃げることもできるので、ダンジョンにソロで挑戦することだってできる。また、空を飛ぶことができるので他の街や国に行くことも容易だ。一度行ってしまえば次回からは『転移』で移動できる。

「実家に戻るのはなしだな。魔の森は今後のために攻略していきたいけど、知り合いに見つかると困るからこれもなしだな。『転移』が使えることは誰も知らないしな。となると、最有力候補はダンジョン攻略だな。エリーさんも近くにあるって言ってたし、『転移』で移動できるなら、そこまで苦労しない可能性もあるしな」

☆

クリフが一日宿屋でゆっくりし、入学までの一カ月をどう過ごそうか考えていたその頃、王城では――

「お父様、無事高等学校にSクラスで入学を決めましたわ。クリフ様が首席で私が次席ですわ」

「セリーヌ、おめでとう。クリフくんのことも知ってるよ。学校は大騒ぎだったらしいね」

「はい。私が行った時には、クリフ様の話題で持ち切りでした。クリフ様に会えなかったのは残念でした」

「ははは。なんかクリフくんは騒ぎにならないうちに帰ったらしいよ。それにしても、セリーヌ。これでクリフくんは学校内で一番目立つ存在になったな。いや、学校外でも注目の的だろう。これから大変になるぞ」

「わかっておりますわ。私も王家の人間として、そしてクリフ様を愛する女性として負けませんわ」

「うん。応援してるよ。クリフくんとのつながりが強くなれば、国としても助かるしね」

サリマン王国の王マテウスと王女セリーヌの二人は、クリフとセリーヌがうまくいくように計画を練っていった。

☆

一方その頃、校長室ではミスティとクリフの兄アーサー、姉のミリアが話していた。

「校長、あんなにデカデカとクリフの名前を貼り出したら、目立ってしょうがないじゃないですか？　なんであんなことをしたんですか？」

「アーサーくん、落ち着くのじゃ。クリフくんは今回の試験で歴代最高得点を出したのじゃ。遅かれ早かれ、きっとかなり注目されるじゃろう。様々な人が彼に近づいてくると思われる。中には利用しようとする人も多くいることじゃろう。そうならないために、今回、周囲に規格外っぷりを示すことで、同期のセリーヌ様や上級生である君やミリアくんに、危機感を持って支えてもらおうと思ったのじゃ」

本当は模擬戦で負けた腹いせでやってしまったミスティだったが、適当な理由をつけてアーサーをなだめた。

「なるほど。そうなんですね。わかりました。クリフのことはできるだけ気にかけるようにします。ただ、前も言いましたが、クリフは戦闘能力だけでなく、人間としても強い自慢の弟です。きっと学校もさらにいい方向に進んでいくと思いますよ」

ミスティとアーサー、そしてミリアは、今日の出来事を話し合い、学校が始まったらクリフをサポートしていくことを改めて決めたのであった。

☆

神界では、創生神が他の神と雑談していた。

「クリフくんは、無事高等学校への入学を決めたようじゃの。それにしても歴代最高得点か。しっかりチートっぷりを発揮しておるの～」

魔法神が言った。

「そうですね。ちょっと女性に対していやらしい面もありますが、基本的に礼儀正しいですし、誰とでも分け隔てなく接してるところは好感が持てます。このまま成長してくれたらこの世界も大丈夫そうですね」

するとと剣神が、「クリフくんは好感が持てるが、帝国の勇者は最悪だな。今日もぶつかったって理由だけで子どもを剣で脅したし、気になる女性には手当たり次第声をかけて、自分のものにしようとしてる。あいつも帝国の高等学校に入学したんだろ？」と尋ねた。

武神が答える。

「そのようだな。ただ、試験は受けずにそのまま入学みたいだがな。皇帝に詰め寄って、無理やり試験免除にしたみたいだぞ。一応試験を受けずに高等学校に入学したのは勇者だけだったから、それに気分をよくして最近はさらに傲慢になってるな」

「は～。悩みの種じゃな。勇者が魔王を倒してくれたらいいんじゃが、今のままなら難しいの～。

努力せんから能力も上がっていかんし、周りもついてこん。取り巻きは多いが、多くは勇者を利用しようとしてる者ばっかりじゃ」

創生神がそう嘆くと、魔法神が口を開く。

「ええ。見ていてムカムカするので加護を取り上げたいのですが、一度与えた加護は外すことができませんからね。まあ帝国で大人しくしているなら、その間にクリフくんがもっと強くなるでしょうし。既に勇者よりも強いですが、まだまだ魔王を相手にするには力不足です。もっとがんばってもらわないと」

クリフの評判は、神界では右肩上がりだ。対して帝国の勇者の評判は下がりきっており、底辺まで落ちていた。クリフと勇者が出会う日も近い……だろうか。

第23話　よし、ダンジョンに行こう

「よし、ダンジョンに行こう」

朝起きると、冒険者の恰好をして、スイムとともに冒険者ギルドへ向かった。ダンジョンの情報を聞くためだ。

ギルドに入るとエリーさんの窓口が空いていたので、まっすぐエリーさんの所へ向かった。

「エリーさん、おはようございます。ダンジョンに行こうと思うのですが、詳しく教えてくれます

か？」

「クリフくん、おはよう。ダンジョンに挑戦するの？　そう。わかったわ。じゃあ早速説明するわね。王都の近くには三つのダンジョンがあるの。一つはまだ踏破されていないダンジョンで、ランクはSね。次にBランクのダンジョンと、最後がDランクのダンジョンよ」

まだ未踏破のダンジョンもあるのか。それは楽しみだな。まずはDランクダンジョンから挑戦かな。

「そうなんですね。ならDランクのダンジョンからですかね。王国にはその三つしかダンジョンがないんですか？」

「王国には今は十か所ダンジョンがあるわよ。Sランクが一か所で、AランクとBランクが三か所ずつあって、CランクとDランク、Eランクのダンジョンは一か所ずつね。ダンジョンは最奥のダンジョンコアを破壊するとなくなっちゃうんだけど、冒険者のいい稼ぎになってるから、ダンジョンを踏破してもコアは破壊せずにそのまま残すことにしてるの。たまにダンジョンが急に現れたりすることもあるんだけど、そういう場合はダンジョンコアを破壊することもあるわ」

さすが王都だ。初心者用から上級者用までダンジョンがそろってるんだな。ダンジョンコアをゲットしてダンジョン運営するのも定番だけど、あんまりあれこれ手を出しても中途半端になるし……。ここはDランクダンジョンを踏破して、ダンジョン攻略者の称号を得るのがいいかな。

「けっこうたくさんあるんですね。わかりました。Dランクダンジョンに行ってみようと思います。その構造とか魔物の種類とか階層とかについて教えてくれますか。あっ、地図とかあるならほしいです」

エリーさんの話をまとめると、王国にはダンジョンが十か所あり、ランクごとの階層はこんな感じだ。

Eランクダンジョン……最奥地下十階
Dランクダンジョン……最奥地下三十階
Cランクダンジョン……最奥地下四十階
Bランクダンジョン……最奥地下五十階～六十階
Aランクダンジョン……最奥地下七十階～八十階
Sランクダンジョン……最奥地下階数不明（現在攻略済み階層は地下八十三階）

ダンジョンには宝箱があり、武器やアイテムなどがドロップされる。トラップやモンスターハウスなども存在し、ミスリルなどの鉱石も採れる。

十階層ごとに中ボスが存在し、二十階層ごとに地上と行き来できる転移魔法陣が用意されている。

ダンジョンにいる魔物は、倒すと魔石を残して消えてしまうが、たまに素材やアイテムなどをドロップする場合もある。

ダンジョン探索を主にしている冒険者は、魔物の魔石、ドロップアイテムや宝箱、鉱石などを収入源としている。継続的に魔物が現れる環境なので、冒険者にも人気の場所だ。

僕はエリーさんに色々と話を聞いて情報を集めた後、早速Dランクダンジョンに向かった。

☆

「ここがDランクのダンジョンか〜。やっぱりダンジョンは人気だな。人がたくさんいる。あの人たちはみんなダンジョンに入っていくのかな？」

ダンジョンの周りには屋台が多く立ち並び、メンバーを募集している人や、パーティーに自分を売り込んでいる人も多くいた。「ポーター」と呼ばれる荷物運びもたくさんいる。その光景を眺めながらダンジョンの入り口に行くと、「おい。お前、一人でダンジョンに行くのか？」と呼び止められた。

声をかけてきたのは、男性三人に女性一人のパーティーだった。

おっ、これは絡まれるのか？　それとも一人は危ないぞって注意を受けるのか？

「はい。ランクがDになったのでダンジョンに挑戦してみようと思いまして」

「向上心があるのはいいことだが、ダンジョンは危険だ。一人じゃ危ないぞ。パーティーを組んでから挑戦した方がいい。俺たちと一緒に行ってみるか？」

特に気負ってる雰囲気もなく、リラックスしている感じはダンジョンに慣れているように見える。

いい人だな。こんな子どもの僕を誘ってくれるなんて。でも、僕の能力ならDランクのダンジョンなら多分余裕なんだよな～。ついていって無双するのもいいけど、スイムもいるし、ゆっくり一人で探索してみたいから、今回は断るか。

「ありがとうございます。でも大丈夫です。従魔もいるし、今日は初めてダンジョンに来たから深く潜るつもりはないので。本格的に探索する時はパーティーを組んで臨もうと思ってます」

そう言いながら僕はポケットからスイムを出し、ウソを交えて冒険者からの誘いを断った。

「そうか。まあ気をつけろよ。Dランクと言っても、油断すると死ぬからな」

そう言うと、冒険者パーティーは先にダンジョンに進んでいった。

「スイム。僕たちも行こうか」

そして僕たちはDランクダンジョンに入った。


「よし、スイム、このダンジョンは地下三十階まであるらしいから、地図を見ながらゆっくり進んでいこう。途中魔物がいたら、スイムのレベル上げをしながら行こう。多分僕のレベルは上がらないと思うしね」

「ピキッ」とスイムは鳴くと、先頭に立って前に進み出した。

ゴブリンやウルフ、コウモリなど魔物が出るとスイムが積極的に倒していく。ゴブリンの集落を壊滅させた時にスイムは大きくレベルを上げて、ゴブリンロード並の能力になっている。なので、魔物が出てきてもスイムだけで楽々対処できている。

「スイム、順調だな。道も合ってるみたいだし、もしかして道がわかるのか？」

「ピキ～？」

わかってないのか。それか勘なのか？　まあ間違ってたら僕が指示したらいいだけだし、スイムが余裕で魔物を倒してる間はこのままついていくか。

スイムの後を追いつつ『気配察知』で魔物の動きを把握しながら、魔力を感じることができないか、自分の魔力を薄く周囲に広げていた。こうやって魔力を薄く伸ばすイメージで広げていけば、魔物の魔力とか、罠《わな》の魔力とか、感じ取れないかな？　ソナーみたいな感じで。

元々、魔力操作は赤ちゃんの頃からやっていたので、魔力の扱いは得意だった。地下二階に下りる頃には、罠や魔物の魔力を感知できるようになっていた。

その後も地下十階までは、スイムを先頭にひたすら魔物を倒した。罠は僕が先に感知して回避した。途中にあった魔物部屋も、スイムが乗り込んでいって瞬殺。僕はひたすら後に続いていくだけだった。

Dランクのダンジョンじゃ、こんなもんなんかな。なんか手応えがなさすぎて、全然面白くないな。魔物部屋もスイムが速攻で壊滅させたし、壊滅させた後に宝箱が出たから期待したけど、ポーション一本しか入ってなかったしな。ついていくだけじゃつまらないから、中ボスは僕が倒そうかな。

「スイム、十階層の中ボスは僕が倒してもいいかな？」

「ピッキー」

スイムはわかってくれたのか、地下十階への階段を下りる前に僕のポケットに入った。

十階層に下りていくと、大きな扉があった。その扉の中に中ボスがいて、倒すとさらに下の階に下りられる仕組みになっているようだ。

なるほど、中ボスがいる十階層には他の魔物はいなくて、ボスとだけ戦う感じなんだな。

扉を開けると、部屋の中心に魔物が現れた。オークが五体だ。身体を動かしたかった僕は剣を握って、オークに向かっていった。

もはやオーク程度では相手にならない。オークの背後に回って一体の首を切り落とすと、そのまま剣を横なぎにして二体目を倒す。その後、オークが棍棒を振り下ろしてきたのを剣で防御すると、のけ反ったところで喉を一突きして三体目。残る二体も動きが遅かったので胴体を切断、そのまま上から下へ振り下ろして五体のオークを倒した。

オークが消えると、部屋の真ん中に宝箱が現れた。

「おっ、宝箱が出たぞ。中ボスは宝箱を確定で落とすのかな？　でも木箱か～。中身は期待できないな。罠はないし早速開けてみよう。何が出るかな～」

オークの棍棒だった。

「なんだこれっ。いらね～。ていうか、この宝箱によくこんな棍棒が入るよな。どうなってるんだ？」

宝箱は木箱、銅箱、銀箱、金箱とあり、色は中に入っているアイテムや武具のレアリティを表している。もちろん金箱が一番レアリティの高いモノが入っている。そして宝箱の中は異空間になっているので、宝箱より大きいモノも普通に入っている。

僕がゲットしたのは、先ほど戦ったオークが持っていた棍棒だった。不必要なモノだったから棍棒はその場に置いて、十一階層へ下りていった。


十一階層から二十九階層までは、スイムと互いに魔物を倒し、魔物部屋を見つけては突撃し、宝箱を見つけては開けてがっかりし……を繰り返した。一階層あたり一時間ほどで攻略していったので、最下層のボスにたどり着くまでに二日かかった。今はボス部屋に入る扉の前にいる。

「スイム。ここで最後だ。サクッと倒して戻ろう。とりあえずここをクリアすれば、Dランクダンジョン攻略者だよね」

三十階層の扉を開けると、Dランクダンジョンのボスが現れた。ボスはゴブリンロードだった。Dランクダンジョンのボスはランダムで、ゴブリンロードかオークジェネラル、レアボスがミノタウロスだ。

「また会ったな、ゴブリンロード。今日もサクッと倒させてもらうぞ」

スイムが近づいて体当たりすると、ゴブリンロードは盛大に倒れた。そこで僕が一突きし、瞬殺した。その瞬間、レベルアップのファンファーレが鳴った。

「おっ、レベルが上がったな。まあ雑魚敵でもここまで五百体ぐらいは倒したから、レベルが上がるのも当然だな。初めはスイムのレベル上げと、ダンジョン攻略者の称号がもらえるかな～って気軽に来てみたけど、3レベルは上がったし、来た価値はあったかな」

するると、部屋の中心に宝箱が現れた。……木箱だった。

「また木箱かよ。Dランクダンジョンって木箱しか出ないのか⁉　中身もしょぼかったから期待できないよな～」

中身は金貨一枚だった。

「まあオークの棍棒よりかはましだな」

金貨をゲットし、Dランクダンジョンを攻略した僕は、最下層にある転移魔法陣に乗って外に出た。外はまだ昼ぐらいだったので、ゆっくりとギルドに向かった。

第24話　ようやく明日は入学式　準備はバッチリだ!!

Dランクダンジョンをクリアしてから、一カ月が経過した。明日はいよいよ高等学校の入学式だ。

「ようやく明日は入学式だな。一カ月でステータスも上げたから、どんなことがあっても対処できるようになったと思う。これでチート&ハーレムの道に進めるよな。魔王はまだ倒せるかわからないけど、今の段階ならベストだと思う。確認してみるか。ステータスオープン」

【名　前】クリフ・ボールド

【年　齢】11歳
【種　族】人族
【身　分】辺境伯家次男
【性　別】男
【属　性】全属性
【加　護】創生神の加護・魔法神の加護・剣神の加護・武神の加護
戦神の加護・愛情神の加護
【称　号】（転生者）・神童・大魔導士・Bランク冒険者
大賢者の再来・Bランクダンジョン攻略者
【レベル】36　↓　50
【ＨＰ】38000　↓　60000
【ＭＰ】1030000　↓　1600000
【体　力】2800　↓　6000
【筋　力】2600　↓　6000
【敏　捷】2600　↓　6000
【知　力】3600　↓　6000
【魔　力】31000　↓　50000
【スキル】鑑定・アイテムボックス・全魔法適性・隠蔽・全武器適性

無詠唱・身体強化・気配察知・消費MP軽減・戦闘補正S
状態異常無効・転移魔法・創造魔法【NEW!】
全魔法LV10【NEW!】・全武器LV10

レベルは50に上がって、だいぶ能力が上がったな。Aランク以上の能力はあると思う。魔法は全てが10レベルまで上がったら、統合して『全魔法LV10』に変わった。武器も様々な種類の武器のレベルを10まで上げたら、『全武器LV10』になった。それからイメージしながら魔法を使ってたら、『創造魔法』を覚えた。かなりチートになったと思う。

スイムの方はというと、こんな感じだ。

【名　前】スイム
【年　齢】5歳
【種　族】スライム族
【身　分】スライム
【性　別】女
【属　性】水・空間
【加　護】スライム神の加護
【称　号】クリフの従魔

【レベル】25→50
【ＨＰ】250→1000
【ＭＰ】250→1000
【体力】250→1000
【筋力】250→1000
【敏捷】250→1000
【知力】250→1000
【魔力】250→1000
【スキル】収納（アイテムボックス）・物理耐性・分裂・吸収
水魔法・擬態・暴食・変身

スイムもかなりレベルが上がった。Ｂランク冒険者ぐらいはあるんじゃないだろうか？　スキルも増えたし、かなり頼れる相棒になったな。

でも人型への進化みたいなのはまだできない。できるようになるんだろうか？　スイムが人型にもなれれば最高なんだけどな……。

スイムは『変身』のスキルを覚えて、今まで取り込んだ魔物に姿を変えられるようになった。姿を変えれば、その魔物が持ってるスキルや魔法の一部を使用することができる。

最弱モンスターのスライムだったが、今やスイムは最強モンスターへと変わりつつあった。

そして実はDランクダンジョンを攻略してから、Bランクダンジョンも攻略した。Bランクダンジョンはさすがに敵も強かったので、一回では突破できず、レベルを上げて何度も挑戦した。ゆっくり時間をかけてレベル上げをして、そしてつい先日、ようやく達成できたのだ。

さすがにBランクのダンジョンはきつかった。何度か死にかけたし、でも『転移』で逃げたりしながら挑戦できたのはよかったと思う。最後はちゃんと攻略できたしな。そのおかげで冒険者ランクもBランクになれたし。あの時のギルドマスターのヨハンさんとエリーさんはおかしかったな。目が飛び出るほど驚いてたっけ。

Bランクダンジョンはその名の通り、Bランクの冒険者がパーティーを組んで、ようやく攻略できるレベルである。僕はソロで、しかもその時はまだDランク冒険者だった。二人が驚くのも当然だろう。また、十一歳でBランク冒険者になった者も過去にいなかったようだ。

Bランクダンジョンを攻略した時に、僕の冒険者ランクはBランクに上がっていた。Bランクといえば上位ランカーである。ギルドからの緊急依頼とか強制依頼もあるが、ランクが高いと受けられる依頼も増えるので、メリットが大きい。

『転移』先の登録もだいぶできたし、あとはステータスとかスキルや魔法をどの段階で公開するかだよな～。不意にバレるっていうのもテンプレだけど、何かあった時に、「実は僕は『転移』のスキルを持ってるんだ」って対応するのもありだよな～。校長にはスキルはバレてるから、その辺は相談していかないといけないな～。まあ既に目立ってるから、その時その時で対応していくしかないか。今さらって感じもするけど、怖がられるのは嫌だから、その辺もうまくやっていかないとな～。あ～、こんなことなら、もっと異世界ファンタジーの小説を読んで、知識を深めておくんだったな～。誰しも、異世界に行けると知っているなら事前に勉強をしているだろうが、僕は運よく異世界に来ただけで、狙っていたわけではない。だが、そう思うのは仕方のないことだろう……。

「まあ考えても仕方ない。寝るか」

明日から始まる学校生活に心躍らせ、遅刻しないように早めに眠ることにした。スイムを抱き枕にして……。

第3章　高等学校編　さあチート&ハーレムのはじまりだ！

第25話　予知夢ってあるのかな？

「お前を倒したら、セリーヌは俺のモノだ〜!!　お前みたいなクソに俺が負けるかよ。俺が世界最強だ。行け！　聖剣エクスカリバー！」

そう言う男から放たれた斬撃が、クリフを直撃する。

「くっ。強い。あの剣は相当やっかいだな。攻撃しても全て防御されてしまう。『転移』で背後に回っても、すぐに反応されてしまう。くそっ、やっぱり勇者ってチートだろ!!」

「クリフ様がんばって〜！　お願い!!　勝って！」

セリーヌはクリフを応援している。

「セリーヌが応援してくれてる。婚約者として負けるわけにはいかない。勇者はクソだ。よりにもよって、僕が婚約者だと知っていながら手を出してきた。絶対に許すわけにはいかない」

聖剣エクスカリバーを持つ勇者は隙がなく、ちょっと手を止めれば斬撃を飛ばしてくる。クリフは防戦一方になっていた。勇者とクリフの戦いは、勇者が優勢でクリフは徐々に傷が増えていった。

そうして何度目かの打ち合いの時に、勝負は決まった。クリフの剣が折れたのだ。

「クソッ!!　剣が!?」

咄嗟《とっさ》に魔法を放とうとしたが、クリフが魔法を放つより早く、勇者の剣がクリフの腹に突き刺さり、貫く。

「あばよ。クソ野郎。あの世でせいぜい後悔しな。セリーヌは俺がおいしくいただいてやるかな!!」

「あ～!!」

勇者に刺されたクリフの腹からは、血がドクドクと出ていた。このままでは出血多量で死ぬ勢いだ。

「クリフ様!!」

セリーヌはクリフの心配をしている。

だがクリフは血を流しすぎたのか、そのまま倒れた。意識が朦朧《もうろう》とする中で顔を上げると、「勝者、勇者〇〇！」と審判が勝者コールを行い、勇者がセリーヌに近づいていった。

「これでわかっただろ？　俺が、俺こそが最強なんだ。これでお前は俺のモノだ!!」

「嫌よ。あなたのモノになんかなりませんわ。私の婚約者はクリフ様です」

「じゃあ、そいつがいなくなればいいんだな」

勇者はそう言って、再び聖剣エクスカリバーを持ってクリフに近づく。

「あばよ。クソ野郎。セリーヌは俺がもらってやるから、大人しくお前は死んどけ」

勇者は動けなくなったクリフに再度、聖剣エクスカリバーを突き刺した。

「セ……リー……ヌ!!」

☆

ガバッ!! 起き上がったとたん、僕はベッドから落ちた。

「いててっ……夢か~……夢? 夢なのか。なんだあの夢は。なんであんな夢見たんだ? なんか妙にリアルだったな。セリーヌ様をかけて勇者と決闘するなんて。負けるとかって縁起でもないし……しかも、最後に僕死んでたぞ。まさか予知夢!? そんなことってあるのか? いや、ここは異世界だ。ないこともないのか?」

今日は高等学校の入学式の日である。僕は今日のためにチート力を磨き、学校生活を楽しもうと思っていた。そんな矢先に見た夢が、勇者に敗れて死ぬ夢だった。夢というのは本来、目が覚めると内容はあまり覚えていないのが普通だろう。ただ、今回の夢は詳細を含めて鮮明な記憶があり、そのせいで僕は「これが予知夢なのでは?」と考えていた。

勇者って、創生神様が言ってたダメ勇者だよな~。ダメ勇者って言うぐらいだから、あまり強くないって勝手に思い込んでたな~。勇者が聖剣エクスカリバーを持っているっていうのも定番だよな。セリーヌ様は綺麗だから、勇者に目をつけられて僕と決闘するっていうのもありえる話だ。って、そういえば夢では僕はセリーヌ様の婚約者になってたぞ!?

もしかして本当にあの夢は今後起こるかもしれないってことか……これはやばいぞ。ダメ勇者って創生神様から聞いた時に、僕の方が強いかもって思ってたけど、勇者のことが何もわからない状態はまずいな。情報収集しておかないと。あれが予知夢なら、回避するために行動する必要がある。でないと勇者に殺されてしまう。勇者に殺されるのも嫌だし、セリーヌ様を取られるのも嫌だ。

不安になって、ふとステータスを確認する。

【名　前】クリフ・ボールド
【年　齢】11歳
【種　族】人族
【身　分】辺境伯家次男
【性　別】男
【属　性】全属性
【加　護】創生神の加護・魔法神の加護・剣神の加護・武神の加護
　　　　　戦神の加護・愛情神の加護
【称　号】(転生者)・神童・大魔導士・Bランク冒険者
　　　　　大賢者の再来・Bランクダンジョン攻略者
【レベル】50

【ＨＰ】６００００
【ＭＰ】１６００００
【体力】６０００
【筋力】６０００
【敏捷】６０００
【知力】６０００
【魔力】５００００
【スキル】鑑定・アイテムボックス・全魔法適性・隠蔽・全武器適性
無詠唱・身体強化・気配察知・消費ＭＰ軽減・戦闘補正Ｓ
状態異常無効・転移魔法・創造魔法
全魔法ＬＶ10・全武器ＬＶ10

ステータスを見る限り、僕ってかなりのチートだと思ってたけど、よくよく考えたら勇者の称号ってこの世界で一人しか持ってないんだよな。勇者がチートを持ってても、不思議じゃないか。もっと努力しないとやばいな。努力してここまで来たんだ。この能力があれば大丈夫だと思ってたけど、まだまだダメだ。もっと努力しよう。

予知夢である可能性を考え、僕は今まで以上に努力することを心に決め、勇者を警戒することにした。

夢のことを考えながら今日の入学式の準備をしていると、ドアをノックする音が聞こえた。

「クリフくん、お客さんよ」

ドアを開けると――

「クリフ、久しぶりだな。入学おめでとう」

そこには父のアレクと母のミレイがいた。

「父さん、母さん。どうしてここに？」

僕は高等学校への入学を機に、「父様」から「父さん」、「母様」から「母さん」へ呼び方を変えていた。元々、前世の記憶がある僕にとって、貴族の教育は受けていても「父様」「母様」と呼ぶのはずっと違和感があったし、家は兄様が継ぐから僕は自由な冒険者になりたいと思っていたので、口調を崩すのにもちょうどいい機会だったのだ。

「息子の入学式に親が出るのは当然だろ!!　と言いたいところだが、ちょうど、魔の森の件で陛下に呼ばれてな。転移魔法陣を使う許可が出たから、領都からここまで転移魔法陣を使って来たってわけだ。多分陛下が気を遣って入学式の日に合わせてくれたようだから、参加しに来たんだ。宿の場所はアーサーから聞いてたから、突然来て驚かせてやろうと思ってな」

この異世界には転移魔法陣があり、王都と各領都をつないでいる。ただし、簡単には使用できない。王族の許可があった場合のみ使用が可能となる。誰でも簡単に使えてしまうと、便利な反面、転移魔法陣を使って敵がいきなり攻めてくることも考えられるからだ。いざという時には移動時間が大幅に短縮できるので、転移魔法陣は王族が管理している。例えば、地方で魔物が大発生するスタンピードが発生して、王都から応援に駆けつける時に使うなどだ。普段は緊急時しか使用していない。

転移魔法陣を使って来るなんて、魔の森の魔物が増えてきたり、魔族が動き出したりしたのかな？　でも来てくれたのは素直にうれしいな。

「父さん、母さん、ありがとうございます」

「クリフちゃん！　準備はできてるの？　できてるなら一緒に学校に行きましょう」

母さんはそう言いながら、部屋に入ってきて僕の身だしなみを整え出した。

「母さん、自分でできますよ。準備もできてるから、いつでも出られます」

そして僕たち三人は学校に向かった。

「父さん。転移魔法陣を使うってことは、魔の森に何かあったんですか？」

「いや、そういうわけじゃないんだ。緊急で何かあったってわけじゃないから、多分、魔の森の件は建前だな。今回はどっちかっていうと、クリフ、お前のことだと思う。けっこう色々してるのは聞いてるぞ」

「そうよ。首席を取ったこととか、Bランクのダンジョンを攻略したこととか、色々ね。私たちも冒険者をしていた時にダンジョンを攻略したことはあるけれど、さすがに十一歳でダンジョンは攻略できなかったわ。無事だったからよかったけど、クリフちゃんはまだ十一歳なんだから、危ないことはしちゃだめよ」

なるほど。王様も僕のことが気になってるってことか。たしかに頻繁に僕が王様に呼ばれるのってておかしいよな。親と同伴なら簡単に話も聞けるか。辺境伯だし、父さんと母さんは王様の友人だし。

「ははは。まあ危ないことはしてないから大丈夫ですよ」

「お前は昔から一人になると色々してたから、強いのは知ってたが、あまりやりすぎるなよ。俺も人のことを言えるわけじゃないが、出る杭は打たれるからな」

「父さんも子どもの頃は色々やらかしてたんですか？」

「まあな。けっこうやんちゃだったな。今はいい思い出だ。冒険者としてドラゴンを倒したり、ダンジョンを攻略したり、自分で言うのもなんだが、冒険者としてけっこう有名だったんだ。それで辺境伯になったんだが、その時は他の貴族が色々言ってきてうっとうしかったな」

父さんの話によると、父さん——アレク・ボールドは子爵家の三男として生まれた。高等学校在籍中に出会った現王様のマテウス、現王妃マリア、そして母さんとともに、冒険者パーティーを結成していた。学校を卒業してからも冒険者を続けていた父さんは、王都でかなり有名になっていた。そんな時に当時のボールド領で反乱が起きた。

父さんのパーティーは、その時に反乱を鎮めるのにかなりの貢献をしたという。その功績でボールド辺境伯になったのだが、他の貴族の反発はとても大きかったらしい。ただの子爵家の子どもで爵位もなかった者が、いきなり辺境伯だ。それも当然だろう。

ただ、現王様とパーティーを組んでおり、王家の信頼度が高かったことと、西の辺境伯領は魔の森が近くにあるため、実力がないと務まらない中、父さんには十分な実力があった。これらの点で大抜擢されたという。

そんな経緯があったにしては、領都の人たちは今のボールド領に不満はないように思うし、けっこう内政、うまくやってるよな。って、僕って自分の訓練ばっかりで、親のこととかあまり知らないな……。

「そうなんですね。まあ気をつけることを意識していこうとは思います」

「お前、あまり気をつける気がないだろ？」

「ははは」

「だからまあ、入学式が終わったら、俺たちと王城に一緒に来てくれ。陛下に謁見するぞ」

「はい。わかりました」

「クリフちゃん。入学式で首席のスピーチがあるんでしょ。私はそっちの方が楽しみよ」

そうなんだよ。首席のスピーチって、前世の学校でも定番だったけど、やったことないからちょっと緊張してるんだよな～。ああいうのって、王族とかがするんじゃないの？　今回なら普通、セリーヌ様がするだろ？

「ええ。一応考えてきてるのでがんばります」

あまり自信がなかったので、小さめの声で応えた。

三人で話しながら歩いていくと、学校にはすぐ着いた。学校は制服を着た新入生や、その親たちで溢れていた。門の所では見たことある二人が待っていた。アーサー兄様とミリア姉様である。久々にボールド家が勢ぞろいしたのである。

兄様が口を開く。

「父様、母様、待ってました。クリフも、今日は入学おめでとう。俺たちも入学式に参加するから待ってたんだ」

「父様、母様、遅いですよ。早く行かないと。みんなもう集まってますよ」

「アーサー、ミリア、久しぶりだな。ちょっと見ないうちに大きくなったな」

「アーサーちゃんはかっこよくなって、ミリアちゃんは綺麗になって、母さんも鼻が高いわ」

家族で話していると、入学式の時間が迫ってきた。

「おっと、ゆっくり話をするのは後にしよう。クリフの入学式の時間が迫ってるからな」

「はい。じゃあ行ってきます。また後で」

「クリフちゃん、スピーチ期待してるからね」

そこで家族と別れ、僕は新入生の集合場所へ向かった。

「さて、俺たちも向かうか」

父さんたちも入学式が行われる大講堂へと足を進めた。

☆

例年、高等学校の入学式は大講堂で行われる。千人以上入る場所で、学校全体のイベントなどの室内で行われる行事はだいたいがここで行われる。

僕は首席として新入生代表のスピーチをするので、壇上の隅の椅子に座っていた。席から観客席にいる学生やその親を眺める。

お〜、めっちゃ人がいる。これ全員、今回の学校の関係者かよ!?

そういえば、学校が始まるっていうのに僕って友達あまりいないな。セリーヌ様、ミーケ、マッシュぐらいか。試験で助けた子とか絡まれたやつとかは、まだ全然仲良くないもんな。まずは友達百人できるかな？　ってやつだな。

入学式は順調に進行し、校長のミスティの挨拶から始まり、王様の祝辞、生徒会長の祝辞と続いた。

生徒会長ってリッキー殿下なんだな。もしかしたらアーサー兄様かミリア姉様かもって思ったけど、リッキー殿下は第一王子だし、当然だろうな。って、それなら新入生代表挨拶もセリーヌ様がすればよかったのに……。王族ばっかりが学校の主要者になると、他の貴族がうるさいとか、そういうこともあるのかな？　政治はよくわからんな。

そんなこんなで入学式も終盤に差しかかってきた。

「では、最後に新入生代表挨拶です。首席のクリフ・ボールドくん、お願いします」

呼ばれたぞ。うまくまとまってないが、無難にこなすのと、爪痕を残す。だけど目立ちすぎない。よし行くぞ。

僕は横に座る王族に挨拶し、教員たちにも挨拶してマイクに向かった。

「皆さん、初めまして。クリフ・ボールドです。今回は運よく首席を取ることができましたので、新入生を代表して挨拶させていただきます。まずは、陛下をはじめとする王国関係者の皆様、本日無事に入学式を迎えることができましたことを感謝いたします。さらにリッキー殿下、生徒会長としての学校での活動や生活などのお話、とても参考になりました。さて、この学校での四年間は非常に大事だと思います。それはここでの四年間の学びが将来につながり、王国の繁栄へとつながっていくからです。私自身まだまだ若輩者なので、皆様ご指導のほど、どうぞよろしくお願いいたします。最後になりましたが、私自身、四年間首席を維持することをここに宣言します。気に食わない人はどうぞ挑戦してきてください。これで新入生代表挨拶を終わります。ありがとうございました」

宣言はやりすぎたかな？　でもいざしゃべってみると、なんか前世と同じような当たり障りない挨拶しかできなかったから、最後にこれぐらい言っておかないと記憶に残らないよな？

会場は拍手で包まれたが、一部からは鋭い目を向けられていた。

☆

入学式は無事に終わり、解散になった。

僕は家族が集まっている所に向かっていた。

「父さん、母さん、アーサー兄様、ミリア姉様、お待たせしました」

「クリフ、スピーチよかったぞ。宣言は……まああれくらいはいいだろ」

「クリフちゃんも男の子なんだからあれくらいはね。かっこよかったわよ」

「クリフならあれくらいやっても、クリフだしな、って感じだな」

「何かあったらお姉ちゃんが助けてあげるから、なんでも言ってよ」

「ありがとうございます。それでこれからどうしますか？　王城に行くんですか？」

「いや。まだ時間があるから、どっかで食事でもしよう。家族で食事をするのは久しぶりだからな。それが終わったら王城に行く」

そして王都で有名な食堂に行き、家族で食事をとった。


「そういえば、兄様か姉様が生徒会長をしてるかと思ったんですが、違ったんですね」

「ああ。生徒会長はリッキーがしてるんだ。俺とミリアも生徒会には所属してるよ。リッキーはさすが王族ってだけのことはあるよ。実際に、俺たちよりも強いしな」

「へぇー、そうなんですね」

リッキー殿下の方が兄様や姉様より強いのか。ってことは、今学校で一番強いのは、リッキー殿下ってことか。

「クリフは学校で何を学ぶか決めているのか？」

父さんが問いかける。

「そうですね。家はアーサー兄様が継ぐから、僕は将来冒険者としてやっていきたいので、冒険関係の勉強をしたいと思ってます。剣術とか魔法とかですね。あとは色んな所に行ってみたいので、地理とか各地の特色とかを学んでみたいですね」

「えっ、俺はクリフが父さんの跡を継ぐんだと思ってたんだけど？　だってクリフの方が俺より強いだろ？」

「いやいや、兄様。長男が継ぐのが普通でしょ。僕は兄様に押し付け……いや、兄様に継いでもらって、自由に生きようと思ってましたよ」

領主とか忙しそうだし、自由がないし、勘弁だよ。嫌なことは兄様に押し付けるに限るよな。

「押し付けるって……そっか～。まあクリフが自由にしたいなら考えてみるか……ミリアが婿《むこ》を取って領主になるって方法はどうだ？」

「私もアーサーが領主を継ぐのが筋だと思うわよ。私に押し付けないで」

「お前ら……誰も領主をやりたくないのか。まあ気持ちはわかるが……。ただクリフ、何があるかわからんから、貴族のこととか内政も学んでおけよ。俺みたいに別の領地を治める可能性とかもあるんだからな」

たしかに父さんの言うことは一理あるな。まあ学校が始まって、どんな授業があるか聞いてから決めればいいか。

家族団らんの時間はあっという間に過ぎていった。食事を終えたボールド家は謁見のため、王城へと向かった。

☆

王城で陛下に謁見したが、父さんが一言二言話すだけだった。

謁見って、なんのためにあるかわからないよな。まあ前世で言う天皇陛下とか内閣総理大臣に会う感覚なんだろうけど。

謁見が終わった僕たちは、王族の面々とテーブルを囲んでいた。

王族側は王のマテウス様、王妃のマリア様、第一王女のヘレン様、第一王子のリッキー殿下、第二王女のセリーヌ様が並んでいる。

対してこちら側は、父のアレク、母のミレイ、兄のアーサー、姉のミリア、僕と並んでいる。

「こうして家族全員で顔を合わすのは初めてじゃな。今は公式の場じゃないから、気楽に話してほしい」

王様が言う。

「それはありがたいわ。それにしてもマリア、久しぶりね。ヘレンちゃんもリッキーくんもセリーヌちゃんも大きくなって、みんな王族っぽくたくましくなったわね」

「ええ、ミレイも久しぶりね。手紙もいいけど、直接会うこともなかなかなくなったから、会えてうれしいわ。それにアレクとミレイの子どもたちも、噂は王城にも聞こえてくるから私もうれしくなるわ」

母さんと王妃様が二人でおしゃべりしている。二人は学生の頃からの親友らしい。父さんは王様と話をしている。

「アレク、あれから魔の森はどうじゃ？　魔王が誕生したから、そろそろ何かしら動きがあると思っているんじゃが？」

「そうだな、魔王が動き出したっていう噂は聞かないな。ただ、魔の森の魔物のレベルは年々上がっているように感じる。何かしら関与しているのかもしれないな。領都の近くは間引きしてるから何かあっても対応はできるが、魔族が攻めてくるとどうなるか、今はわからないというのが正直なところだ。勇者の方はどうなんだ？　魔王討伐に関して何か情報は入ってるのか」

おっ、勇者の話題が出たぞ。現在の勇者の状態は気になるぞ。

「帝国は情報をなかなか渡してこん。全てが入ってくるわけではないから、こちらの密偵《みってい》の情報が主になるが、正直あまり期待はしておらん。というのも密偵が持ってくる情報は悪い内容ばかりだ。勇者は力があるのをいいことに、周りに暴力は振るうわ、綺麗な女性を見ると自分のものになれと声をかけるわ、わかりやすく言うと学生時代にいたパイロンみたいなやつだ」

「なるほど、それはわかりやすいな。でも、パイロンか～。それはかなりやっかいだな」

誰だ？　パイロンって？

「父上、パイロンっていうのは誰なんですか？」

リッキー殿下が問いかけた。

それには王妃様が答えた。

「パイロンっていうのはね。私たちが学生時代にいた侯爵家の子どもでね。自分が大貴族の子どもだからって、常に周りに三、四人の取り巻きを連れて行動してる悪ガキだったの。学校では綺麗な女の子には権力を使って強引に自分のものにしようとしてね。当時は私やマリアにもうんざりするぐらい近づいてきてたわ」

「そうだったわね。その度にマテウスとアレクがパイロンから助けてくれてね。当時のマテウスとアレクはモテモテだったのよ」

どの時代にもそういうやつっているんだな。どう考えても、権力振りかざすやつよりも、真面目にがんばってるやつの方がモテるだろ。

「まあ権力を振りかざしたり、弱い者いじめするやつは昔から許せなかったからな。マテウスも同じような考えだったから、気が合ったんだろうな」

「当たり前じゃ。民あっての王族であり王国だ。貴族たちの中でもそれがいまだにわかっておらんやつが多くて困るわい」

「まあ、そんなやつだったんだけど、パイロンは力もないのに権力だけでいばってたから、学生時代に魔物に殺されてしまったのよ。魔物の討伐実習でダンジョンの奥まで一人で先走っちゃってね」

死んでしまったことを聞いた僕たちは言葉を失い、その場が静まり返った。

「でも帝国の勇者は、そのパイロンって人と違って、力はあるんですよね？」

僕は勇者の力の内容が知りたかったので、それについて触れてみた。

「そうじゃな。帝国が戦闘面はかなり厳重に隠しているから、現在の実力はわからん。じゃが、文献では魔王を討てるのは勇者の称号を持った者のみと記載されておる。勇者の称号を持つ者が聖剣と聖なる魔法で魔王を討伐した、というのが言い伝えじゃ」

やっぱり聖剣はあるのか。ということは、聖剣は帝国に保管されていたってことか。

「なるほどな。魔王を倒すためには勇者が必要だ。そのために帝国に協力はしたいが、あくまで協力で、王国としては帝国の下にはつきたくないって感じだな。で、勇者は当てにならないから、うちのクリフに期待しているって感じだろ？」

「さすがアレクは話が早い。つまりはそういうことじゃ」

「えっ？　僕ですか？」

今の話で僕に期待するところってあったかな？　僕が首をかしげていると――

「今の帝国は信用できん。勇者の力を隠すところとか、領土を広げようと他国を積極的に侵略しているところとかな。はっきり言って、帝国が勇者を抱えていると、それだけで色々無茶を言ってきそうじゃ。今のところはまだないがの。そして勇者自身の言動を聞く限り、勇者に頼らずに王国で行動しないと、国ごと帝国に侵略される可能性もある。そこで王国内で力のある者を探していたのじゃが、最近はクリフくんの噂がすごいからな。この機会にお主らを呼んで全員で話をしておこうと思ったわけじゃ」

　そうして僕の話題を中心に、話し合いは進んでいった。

「今の勇者は文献に出てくる勇者とイメージが違いすぎる。このまま行けば、王国には悪影響が出る可能性が高い。そこでクリフくんに力をつけてもらって、王国が危なくなったら力を貸してもらおうと思っておるのじゃ」

「マテウス、待って。どうしてクリフちゃんなの？　たしかにクリフちゃんは今年の学校の首席だったわ。でも今年は黄金世代って呼ばれているわけだし、クリフちゃん以外にも力になりそうな子はいるんじゃないの？」

　うん。母さんの言う通りだよな。いくら今年首席だからって、勇者の代わりになれっていうのはいきなりすぎる気がする。

「そうじゃな。アレクとミレイは知っておるから構わんが、アーサーくんとミリアちゃん、クリフくんは知らないから、ここでの話は他言無用で頼む。かなりの機密じゃからな。まず、わしら王族は魔眼と呼ばれる特殊な眼を皆が持っておる。わしの場合は相手の能力がわかる魔眼じゃ。『鑑定』のスキルの上位互換みたいなものじゃ」

　そこで父さんが口をはさんだ。

「マテウス、それは知ってるけど、それがどうしたんだ？　クリフの能力が勇者よりも高かったってことか？」

「いや、そうではなく、クリフくんの能力は……見えんのじゃ」

「「見えない？」」

「そうじゃ。今までそんなことは一度としてなかった。初めてのことじゃった。以前、勇者の能力もちゃんと見れたしの。この世界でクリフくんの能力だけが、わしの眼でも見ることができなかった。なぜ見れなかったのかはわしにもわからん。ただ、クリフくんには何かある！　と思っての」

やばい!!　王様って魔眼を持ってたんだ!?　『鑑定』して能力とか把握しておけばよかった。どうしよう？　僕だけ見られないって、きっと創生神様が何かしてるよね？　転生者っていうのがわからないようにしてくれたんだと思うけど、僕だけ見えないって、かなり怪しいじゃん。創生神様、詰めが甘いよ。

「そうなのか。いやまあ、クリフのステータスの加護とかスキルがやばいのは鑑定の儀から知ってたが、どういうことだろ？　クリフ、何かわかるか？」

さて、どうするか。『創生神の加護』の影響かな？　ってごまかし通すのが一番かな。ステータスの公開はきっと免れないだろうから、転生者ってことだけ隠したら大丈夫かな。もうけっこう色々やってるから能力が高いのはバレてるし。『転移』とか隠したいけど、校長にはバレてるから王様に伝わってるかもしれない。下手に隠してそれがバレると、後が面倒になりそうだしな。仕方ない。転生者以外のことはここでバレても仕方がないか……。

「う～ん。僕にもなぜ陛下にステータスが見えないのかは、わからないです」

見えない理由がわかったらそれはそれでおかしいもんな。ここはわからないが正解だろう。

「まあそうだろうな。クリフ、ステータスを見せてくれるか？」

来たな。まあこうなるのは当然だな。もうやけくそだ。バレてもいいや。ハーレムが加速するって前向きにとらえよう。

「わかりました」

僕は能力を含め、転生者と隠蔽以外の項目を公開した。

【名　前】クリフ・ボールド
【年　齢】11歳
【種　族】人族
【身　分】辺境伯家次男
【性　別】男
【属　性】全属性
【加　護】創生神の加護・魔法神の加護・剣神の加護・武神の加護
　　　　　戦神の加護・愛情神の加護
【称　号】(転生者)・神童・大魔導士・Bランク冒険者
　　　　　大賢者の再来・Bランクダンジョン攻略者
【レベル】50
【Ｈ　Ｐ】60000
【Ｍ　Ｐ】160000

【体　力】６０００
【筋　力】６０００
【敏　捷】６０００
【知　力】６０００
【魔　力】５００００
【スキル】鑑定・アイテムボックス・全魔法適性・（隠蔽）・全武器適性
無詠唱・身体強化・気配察知・消費ＭＰ軽減・戦闘補正Ｓ
状態異常無効・転移魔法・創造魔法
全魔法ＬＶ10・全武器ＬＶ10

僕のステータスを見て、その場にいた全員が絶句した。

「クリフ!!　このステータスはなんだ!?　加護やスキルに能力と、色々と聞きたいことがありすぎるんだが？」

「はい。色々試しているうちに覚えていきました。ただ、周りと違うのは自覚していたので、バレないようにはしていました。なんでかわかりませんが、僕は人よりもスキル取得とかが早い気はします」

「クリフくん。わしの眼で見えなかったのは、多分じゃが『創生神の加護』にあると思う。『創生神の加護』を持ってる者を見たのは初めてじゃ。まあ六人の神様から加護をもらってる者を見るのも初めてじゃがな。その件はいいが、クリフくんは『転移魔法』が使えるのか？」

まあそこは突っ込んでくるよね。かなりのレアだから。

「はい。転移魔法陣を参考にして、『転移』できないか試行錯誤を繰り返して使えるようになりました。初めは二メートル先ぐらいしか移動できなかったんですが、今は行ったことのある場所なら『転移』できるようになりました」

「すごいな。魔力の数字も異常に高いし、『鑑定』や『アイテムボックス』のスキルも非常にレアじゃ。全魔法に適性があるのもすごいし、『創造魔法』っていうのは聞いたこともない。クリフくん。お主は一体何者なんじゃ？」

「えっ、何者と言われても、父アレクと母ミレイの子どものクリフですよ。どれも初めはなかったですけど、努力したら使えるようになりました。父さんから加護やスキルのことは他の人に言うなと言われてたので、他の人より恵まれてるとは思ってました。他の人が持っていないスキルを持ってるし、能力も高いとは思いますが、別にやましいことをしてるわけじゃないので、言わなかっただけです」

するると、兄様と姉様が口を開いた。

「なるほどな。それだけの能力があれば、最近のクリフの噂も納得だ。俺はクリフが誰よりも努力しているのも知ってるし、考え方が独特なのもよく知ってる。昔から一緒に過ごしてるからな」

「私もクリフちゃんなら納得かな。昔からクリフちゃんはすごかったから。もうすごいとしか言えないね」

それからスキルの詳細について色々聞かれたが、丁寧に一つひとつ説明して、一同に納得してもらった。

第26話　婚約話が浮上しました……やはりあれは予知夢!?

僕は話を変えることにした。

「そういえば、さっき王族はみんな魔眼を持っているって言ってましたけど、セリーヌ様も魔眼を持ってるんですか?」

「はい。私も魔眼を持っていますわ。その……なんの魔眼かは……」

セリーヌ様は王様を見ながら、自分の能力について詳しく話していいのか迷っているようだった。

「セリーヌ、言っても構わんよ。クリフくんのステータスは教えてもらったし、ここにいる者たちは信用できる。大丈夫だ」

「はい。お父様。私の魔眼は相手の感情がわかるんです。相手が何を考えているのか、どう思っているのか、とかですね。例えば、高等学校の入学式では、多くの男性のいやらしい感情を受けて、少し嫌な気持ちになりましたわ」

えっ……それってかなりやばいんじゃ。僕もセリーヌ様をいやらしい目で見たり、好かれようと思って接していたぞ。全部バレてたのか!?

僕は焦りながら、なんとか言葉を返した。

「えっ、それってかなりすごい能力なんじゃないですか？」

「そうですね。ですが、この魔眼のせいで私は人間不信になり、家族以外の男性とあまり話すことができませんでした。ただ、クリフ様だけは感情が見えなかったのです。しかもその時の感覚をヒントに、魔眼を制御できないかと考えて練習してみたら、徐々にできるようになりましたの。制御できてからは勝手に色々感じることは減ったので、以前ほど人間不信ではなくなりましたわ」

僕のは見えなかったのか！　よかった。見えてたら一発アウトだったよ〜。でも、初めて会った時から好感度が高かった謎が解けたな。家族以外で初めて男性で気軽に話せたのが僕ってことか。

さっきは創生神様を恨《うら》んだけど、創生神様、ごめん。ナイスです。

「そうなんですね。魔眼か〜、かっこいいですね。僕も使えるようになるでしょうか？」

「「クリフは少し自重しなさい」」

父さんと母さんが僕を止めた。


それからリッキー殿下は未来がわかる魔眼を持っていることと、ヘレン様は相手を意のままに操れる魅了の魔眼を持っていることを教えてもらった。

「おい、マテウス。魔眼のこと、しゃべってもよかったのかよ？　まあたしかに俺たちは知ってるし、子どもたちにも教えてくれたのは信用の証《あかし》だとは思うが、知ってるやつって本当に少ないんだろ？」

「まあ大丈夫じゃ。魔眼については、初めからクリフくんたちには教えるつもりじゃったからな。なぜなら今回、クリフくんにはセリーヌとの婚約話をするつもりじゃったからな」

「「「「婚約⁉」」」」

ボールド家一同が声をそろえて驚いた。

セリーヌ様は顔を赤くして下を向いていた。

「そうじゃ。王家の強化にもなるし、クリフくんは学校でも注目の的じゃろ。他の貴族の手がつく前に、王族がつながりを持つのはおかしなことでもないじゃろ」

「そりゃあマテウスの言うこともわかるが、俺としては子どもに政略結婚みたいなことはさせたくないぞ。クリフはどうなんだ？」

「えっ。いや……でも……まあ……。セリーヌ様はお綺麗だし、僕にはもったいないっていうか、セリーヌ様の気持ちもあるから僕だけで決めれらないっていうか、なんというか」

「ふふっ。クリフちゃんの反応が年相応でかわいいわ。しどろもどろになってる。でもクリフちゃんも、セリーヌちゃんのことは好きなのね」

僕は顔を赤くして母さんに言った。

「いや、まあ、セリーヌ様はとても綺麗ですから」

いやいや、みんなで僕をからかわないでよ。セリーヌ様との婚約はもちろんしたいよ。でもここでぜひしたい、とはさすがに言えないでしょ。対応の仕方がわからないから困るよ～。

「ふふっ。クリフくん、安心して。セリーヌはずっと、クリフくんのことを好きなのよ」

「お母様!?」

王妃様がセリーヌ様の気持ちを暴露し、セリーヌ様は顔が真っ赤になっていた。

僕とセリーヌ様は周りからの視線とお互いの顔を見る度にそわそわし、どちらも下を向いてしまっていた。

「なるほどな。どうやらどちらも婚約はうれしいみたいだな。それなら、俺からは何も言うことはないな」

「まあ婚約と言っても、正式に発表するわけではない。今はまだ内々な話だ。リッキーが学校を卒業して成人した時に同時に発表するか、ヘレンの結婚とか婚約があったらその後かもしれん。まあ発表時期は未定じゃが、クリフくんとセリーヌの学校生活も始まるから、その前に話しておきたかったんじゃ」

すると、みんなが口々に祝福した。

「クリフちゃん、おめでとう」

「「クリフ、おめでとう」」

「「「セリーヌもおめでとう」」」

「「ありがとうございます」」

婚約話が決まったぞ。セリーヌ様とはそうなったらいいなとは思ってたけど、本当にそうなったぞ。これはよかったのか？　でもこれって……今朝の夢の話と一緒だよな。じゃあ、いつか勇者が僕とセリーヌ様の婚約をぶち壊しにくるのか？　いやでも、内々って言ってたから公表してからの話なのか？　う～ん。その辺がわからん。

　とりあえず僕は立ち上がって、みんなにお礼を伝えることにした。

「陛下、ありがとうございます。セリーヌ様、今後ともよろしくお願いいたします」

「はい。クリフ様、よろしくお願いいたします。あっ！　気軽にセリーヌと呼んでください。学校ではアーサー様やミリア様も、お兄様のことを気軽に名前で呼んでるみたいですし」

「そうなんですか？」

「ああ。学校や普段は俺もミリアもリッキーって呼んでるよ」

「なるほど、わかりました。セリーヌ、これからよろしくね」

「はい」

　僕とセリーヌの婚約話も決まり、王族との話し合いは無事に終わった。

第27話　久々の家族の団らん　クリフの知らない所では……

　話し合いが終わり、王城を後にしたボールド家は、この後の予定を話し合っていた。

「父さん、母さん。もうボールド領に帰るんですか？」

「いや、今日は王都に泊まって、明日帰る予定だよ」

「僕の『転移』で送りましょうか？」

「ああそうか、クリフは『転移』が使えるんだったな。でも大丈夫だ。転移魔法陣を使ってきたからな。帰りも使わないと色々問題が起きる。だから今回はいいよ。気を遣ってくれてありがとな」

たしかに、帰りに転移魔法陣を使わずにボールド領に戻ってたら、どうやったんだ、ってなるか。

結局ステータスは公表はしたけど、簡単には使えないってことだな。

「せっかく王都に来たんだし、色々見て回りましょ。アーサーちゃんとミリアちゃんとクリフちゃんの服とかも見てみたいし」

母さんの提案により、ボールド家はその後、服を見て、アクセサリーを見て、カフェで食事をし、久々の家族団らんの時間を過ごした。

「よし、じゃあこの辺で解散だな。アーサー、ミリア、クリフ。学校生活、楽しんでこいよ」

「「はい」」

「長期休みは帰ってきてね。あっ、クリフちゃんは『転移』でいつでも戻ってきていいからね」

「はい」

そして父さんと母さんは、僕とは別の宿屋に向かっていった。昔から利用してる宿屋があるらしい。兄様と姉様はというと、学生寮に帰っていった。僕は明日学生寮に移動する予定なので、今日はいつもの宿屋に戻った。

長かった一日が終わり、ベッドに腰かける。

「今日は入学式から色々あったな。一日がこんなに長く感じたのは初めてだよ。入学式で宣言して、王様たちと家族に能力がバレて、セリーヌと婚約して……。明日からの学校、大丈夫かな……。セリーヌとの婚約は周囲には知られてないから、あまりおおっぴらにするわけにもいかない。ただ、婚約している以上、他の女性と気軽に仲良くすることもできないよな。チートはバレたし、ハーレムルートに進めていきたいけど、いまだにどうしたらいいかよくわからないな〜」

明日からの学校生活に希望と不安を抱きながら、今日一日でとても疲れたのでそのまま眠りについた。

☆

一方、ボールド家が出ていった後の王城では――

「お父様、今日はクリフ様と婚約させていただき、ありがとうございます」

「セリーヌ、よかったな。まあわしもこれで悩みの種が一つ減ったな。ただ、クリフくんのスキルはやばいな。新たな悩みの種が増えた気がするよ」

リッキーも口を開く。

「『鑑定』に『アイテムボックス』、『転移』に『創造魔法』ですか……味方でいるうちはすごく心強いですが、敵に回ったらゾッとしますね」

「お兄様！　クリフ様が敵になることなんてありませんわ」

「ごめんごめん。そうだね」

ヘレンも言う。

「でもセリーヌ、婚約したからといって安心しててていいのかしら。クリフくんは学校ではきっと注目の的よ。もし今後クリフくんのステータスが他国にバレれば、クリフくんを狙ってくる可能性があるわ。しっかりセリーヌがクリフくんをつなぎとめておかないと大変よ」

「お姉様、わかっています。婚約者としてクリフ様をしっかりとつなぎとめてみせますわ」

「クリフくんがいれば、帝国や勇者に頼らなくてもなんとかなる気がする。王族としてフォローもしていくから、今後はクリフくんにいくつか依頼をしながら功績を積んでもらうのが一番いいな」

「あまりやらかしすぎて、能力が他国にバレることがないようにしないとですね、お父様」

「そうじゃな。その辺は学校ではセリーヌとリッキーに任せる。学校の外は宰相と色々相談して決めておくとするか」

王城ではクリフ育成計画が発動していた。

☆

そして子どもたちと別れたアレクとミレイはこんな話をしていた。

「クリフのあのスキルの数々、ミレイは知ってたか？」

「いえ、私も知らなかったわ。ただ、クリフちゃんは昔から好奇心旺盛《おうせい》だったから、普通とは違うな〜とは思ってたわよ。自分の子どもには変わりないから、温かく見守っていたけどね」

「そうだな。しかしあの能力はやばい。マテウスが警戒するのもわかるな。クリフが真面目に育ってくれたことは、ミレイに感謝しないとな。婚約者もできて、今後王家からの期待も増すだろう。ただ、王家から無茶な依頼がきたら、いくらマテウスといえども俺は王家に抗議するぞ」

「当然でしょ。いくらマテウスやマリアでも、クリフちゃんを利用するなら私だって許さないわ」

「ああ。クリフは今後大変だろうから、しっかり支えてやろう」

「そうね」

アレクとミレイは、クリフが今後様々なやっかい事に巻き込まれることを予想し、クリフのために陰ながらサポートすることを決めるのだった。

☆

学生寮に戻るアーサーとミリアは――

「なあミリア。クリフのステータス、どう思った？」

「規格外ね。まさかあれほどとは思わなかったわ」

「だよな〜。クリフは努力して覚えたって言ってたけど、努力で覚えられる限度を超えてるよな」

「そうね。あれがバレたら学校でも大変よ。拉致《らち》されて利用される可能性が大いにあるわ」

「兄としてサポートしたいが、クリフの方が圧倒的に強いんだよな〜」

「能力面のサポートは無理でも、それ以外のサポートは兄姉の私たちにしかできないことよ」

「だな。あいつは何か大きなことをしそうだし、兄としてもがんばるか」

「おっ、さすが次期辺境伯様～。期待しております」

「ちゃかすな。あ～、俺もクリフにスキル教えてもらおっかな～。『転移』とかすごい便利そうだし」

「教えてもらって使えるんなら私も教えてほしいけど、多分無理よね」

「俺もそう思う……」

アーサーとミリアは、クリフが学校でうまく生活できるように、力以外の面でのサポートしていくことを決めるのであった。

月が導く異世界道中
Tsukiga Michibiku Isekai Dochu
あずみ圭
Azumi Kei
1~18
8.5
シリーズ累計
350万部
(電子含む)
の超人気作!
TVアニメ 第2期
2024年1月から
2クール
放送決定!
異世界へと召喚された平凡な高校生、深澄真。彼は女神に「顔が不細工」と罵られ、問答無用で最果ての荒野に飛ばされてしまう。人の温もりを求めて彷徨う真だが、仲間になった美女達は、元竜と元蜘蛛!? とことん不運、されどチートな真の異世界珍道中が始まった!
2期までに
原作シリーズもチェック!
薄幸系男子の成り上がりファンタジー、開幕!
なんでだろう 親の都合で 異世界へ
待望の書籍化!
読者賞受賞作!
●各定価:1320円(10%税込)
●illustration:マツモトミツアキ
1~18巻好評発売中!!
月が導く異世界道中
1
とことん不運、されどチート!!
29万部
漫画:木野コトラ
●各定価:748円(10%税込) ●B6判
コミックス1~12巻好評発売中

国一番の商会を持つ侯爵家の令嬢クリスティナは、その商才を妬んだ兄に陥れられ、追放されてしまう。旅にでも出ようかと考えていた彼女だったが、ひょんなことから特別なスキルを手に入れる。それは、異世界【ニッポン】から商品を取り寄せる魔法の型録《カタログ》、【シャーリィの魔導書】を読むことができる力だった。取り寄せた商品の珍しさに目を付けたクリスティナは、魔導書の力を使って旅商人になることを決意する。「目指せ実家超えの大商人、ですわ!」——駆け出し商人令嬢のサクセスストーリー、ここに開幕!

◉定価：1320円（10%税込）　ISBN 978-4-434-32483-3　◉illustration：nima

異世界爆速成長系ファンタジー、待望の書籍化!

トラックに轢かれ、気づくと異世界の自然豊かな場所に一人いた少年、カズマ・ナカミチ。彼は事情がわからないまま、仕方なくそこでサバイバル生活を開始する。だが、未経験だった釣りや狩りは妙に上手くいった。その秘密は、レベル上げに必要な経験値にあった。実はカズマは、あらゆるスキルが経験値1でレベルアップするのだ。おかげで、何をやっても簡単にこなせて——

●各定価：1320円（10%税込） ●Illustration：藍飴

この作品に対する皆様のご意見・ご感想をお待ちしております。
おハガキ・お手紙は以下の宛先にお送りください。

【宛先】
〒150-6008 東京都渋谷区恵比寿4-20-3 恵比寿ｶﾞｰﾃﾞﾝﾌﾟﾚｲｽﾀﾜｰ 8F
（株）アルファポリス　書籍感想係

メールフォームでのご意見・ご感想は右のＱＲコードから、
あるいは以下のワードで検索をかけてください。

アルファポリス　書籍の感想　検索

ご感想はこちらから

本書はWebサイト「アルファポリス」（https://www.alphapolis.co.jp/）に投稿されたものを、改題・改稿、加筆のうえ、書籍化したものです。

辺境伯《へんきょうはく》家《け》次《じ》男《なん》は転生《てんせい》チートライフを楽《たの》しみたい

ベルピー

2023年８月31日初版発行

編集－佐藤晶深・芦田尚
編集長－太田鉄平
発行者－梶本雄介
発行所－株式会社アルファポリス
〒150-6008 東京都渋谷区恵比寿4-20-3 恵比寿ｶﾞｰﾃﾞﾝﾌﾟﾚｲｽﾀﾜｰ8F
TEL 03-6277-1601（営業）　03-6277-1602（編集）
URL https://www.alphapolis.co.jp/
発売元－株式会社星雲社（共同出版社・流通責任出版社）
〒112-0005 東京都文京区水道1-3-30
TEL 03-3868-3275
装丁・本文イラスト－Akaike
装丁デザイン－AFTERGLOW
印刷－中央精版印刷株式会社

ISBN978-4-434-32482-6 C0093